कुमारसंभव

कुमारसंभव

(प्रसिद्ध संस्कृत महाकाव्य 'कुमारसंभवम्'
का हिन्दी रूपान्तर)

महाकवि कालिदास

राजपाल

अनुवाद

विराज

ISBN : 9788170287728

KUMARSAMBHAV (Sanskrit Play) by Kalidas

राजपाल एण्ड सन्ज़

1590, मदरसा रोड, कश्मीरी गेट, दिल्ली-110006

फोन : 011-23869812, 23865483, 23867791

website : www.rajpalpublishing.com

e-mail : sales@rajpalpublishing.com

www.facebook.com/rajpalandsons

भूमिका

संस्कृत साहित्य में कालिदास का स्थान अद्वितीय है। उनकी रचना के विलक्षण सौन्दर्य को उनके पश्चाद्वर्ती सभी टीकाकारों ने, आचोलकों ने तथा सहृदय पाठकों ने मुक्तकंठ से सराहा है। निस्सन्देह ही कविता का जैसा मनोरम रूप कालिदास की रचनाओं में प्रस्फुटित हुआ है वैसा अन्यत्र कहीं नहीं हुआ। इसलिए आश्चर्य नहीं कि उनके विषय में अनेक परवर्ती कवियों ने अनेक प्रशंसासूचक उक्तियां लिखी हैं। उदाहरण के लिए सोड्ढल कवि ने कालिदास की प्रशंसा करते हुए कहा है कि 'वे कवि कालिदास धन्य हैं जिनकी पवित्र और अमृत के समान मधुर कीर्ति वाणी का रूप धारण करके सूर्यवंश-रूपी समुद्र के परले पार तक पहुंच गई है।

ख्यातः कृती सोऽपि च कालिदासः शुद्धा सुधास्वादुमती च यस्य।
वाणीमिषाच्चण्डमरीचिगोत्र सिन्धोः परं पारमवाप कीर्तिः॥

इसी प्रकार भरतचरित्र के लेखक श्रीकृष्ण कवि ने कालिदास की वाणी की प्रशंसा करते हुए कहा है कि 'कमलिनी की भांति निर्दोष तथा मोतियों की माला की भांति अनेक गुणों से युक्त और प्रियतमा की गोद की भांति सुखद वाणी कालिदास के सिवाय अन्य किसी की नहीं है।'

अस्पृष्टदोषा नलिनीव दृष्टा हारावलीव ग्रथिता गुणौघैः।
प्रियाकपालीव विमर्दहृद्या न कालिदासादपरस्य वाणो॥

जयदेव कवि ने कालिदास की अन्य संस्कृत कवियों के साथ गणना करते हुए कालिदास को कविता-कामिनी का विलास बताया है और कालिदास को कविकुल-गुरु कहा है। उन्होंने लिखा है कि 'जिस कविता-सुन्दरी का केश-कलाप

चोर कवि है, जिसके कर्णफूल का स्थान मयूर कवि ने लिया हुआ है, जिसका हास भास कवि है और कविकुलगुरु कालिदास जिसके विलास हैं, हर्ष कवि जिसके हर्ष हैं और हृदय में रहनेवाला पंचबाण अर्थात् कामदेव बाण कवि है, वह कविता-सुन्दरी किस व्यक्ति को आनन्दित न कर देगी!'

यस्याश्चोरश्चिकुरनिकरः कर्णपूरो मयूरः,
भासो हासः कविकुलगुरुः कालिदासो विलासः।
हर्षो हर्षो हृदयवसतिः पञ्चबाणस्तु बाणः,
केषां नैषा कथय कविताकामिनी कौतुकाय॥

इस प्रकार अनेक लेखकों ने अपनी श्रद्धांजलि कालिदास को अर्पित की है। यहां तक कि संस्कृत-गद्य के प्रसिद्ध लेखक बाणभट्ट ने भी कालिदास की सूक्तियों की प्रशंसा की है। कालिदास के महत्व के विषय में संस्कृत में दो मत नहीं है। सर्वसम्मति से उन्हें संस्कृत का सर्वश्रेष्ठ कवि माना गया है।

कालिदास का स्थान और काल

परन्तु यह खेद की बात है कि संस्कृत के इस सबसे बड़े कवि के विषय में कुछ भी जानकारी उपलब्ध नहीं है। अपनी अनेक कृतियों में अपने विषय में कवि ने एक पंक्ति तो दूर, एक शब्द भी नहीं लिखा है और उनके विषय में इधर-उधर जो कुछ लिखा मिलता है उससे ऐतिहासिक दृष्टि से किसी निश्चय पर पहुंचने में कुछ सहायता नहीं मिलती। बल्कि कई जगह तो समस्या और उलझ जाती है।

कालिदास के काल के विषय में निश्चय करने के लिए हमारे पास सबसे बड़ा आधार विक्रमादित्य का है। क्योंकि अभिज्ञानशाकुन्तल के प्रारम्भ में कवि ने सूत्रधार के मुख से कहलाया है कि 'रस और भावों के पारखी महाराज विक्रमादित्य की सभा में आज बड़े-बड़े विद्वान उपस्थित हैं और उनके सम्मुख हमें कालिदास द्वारा रचे गए अभिज्ञानशाकुन्तल नामक नये नाटक का अभिनय करना है।' इससे यह परिणाम निकाला जा सकता है कि अभिज्ञानशाकुन्तल का अभिनय महाराज विक्रमादित्य की सभा में किया गया था और कालिदास विक्रमादित्य के समकालीन थे।

इसके अतिरिक्त कालिदास ने एक नाटक 'विक्रमोर्वशीय' लिखा है, जिससे कालिदास का विक्रमादित्य के प्रति अनुराग प्रकट होता है। परन्तु यह निश्चय हो जाने पर भी कि कालिदास विक्रमादित्य की सभा में विद्यमान थे, समस्या का

पूरा हल नहीं होता। क्योंकि स्वयं इन विक्रमादित्य के सम्बन्ध में विद्वानों में बड़ा मतभेद है। कुछ लोग विक्रम को 57 ईस्वी पूर्व में हुआ मानते हैं, तो कुछ अन्य विद्वान् उसे ईसा की चौथी शताब्दी और कुछ छठी शताब्दी तक घसीट लाना चाहते हैं।

फर्ग्यूसन का मत

इन विद्वानों में से एक फर्ग्यूसन हैं, जिनका कथन है कि 544 ईस्वी में उज्जैन में एक राजा हर्ष हुए थे, जिनकी उपाधि विक्रमादित्य थी। उन्होंने कहरूर की लड़ाई में शकों को परास्त किया था और विजय की स्मृति को स्थायी बनाने के लिए उन्होंने एक संवत् चलाया। परन्तु उस संवत् को उन्होंने और प्राचीन बनाने के लिए 600 वर्ष पहले से चलाया और उसका प्रारम्भ 57 ईस्वी पूर्व से गिना। फर्ग्यूसन की युक्ति यह है कि कालिदास के ग्रन्थों मे हूण, शक, पल्लव तथा यवन जातियों के नाम आते हैं। अतः कालिदास उस समय हुए होंगे, जब कि ये जातियां भारत में आ चुकी थीं। हूणों के आक्रमण भारत पर 500 ईस्वी में प्रारम्भ हुए।

यदि फर्ग्यूसन के मत को सत्य माना जाए तो यह बात समझ में नहीं आती कि हर्ष विक्रमादित्य ने अपना संवत् 600 वर्ष पूर्व से क्यों चलाया, एक तो किसी भी संवत् को अपने समय से पहले से प्रारम्भ करना असंगत प्रतीत होता है। फिर, यदि पहले से भी प्रारम्भ करना था तो उसके लिए 600 वर्ष पहले का समय ही क्यों चुना गया? इससे भी बड़ी एक बात यह है कि यदि विकम संवत् जिसे मालव संवत् भी कहा जाता है, प्रारम्भ में 600 वर्ष पहले से शुरू किया गया था तो 600 वर्ष से कम मालव संवत् का कहीं उल्लेख नहीं मिलना चाहिए। परन्तु मन्दसौर का प्रस्तरलेख 529 मालव संवत् का, तथा कावी का अभिलेख 430 विकम संवत् का प्राप्त होता है। इससे फर्ग्यूसन का मत बिल्कुल निराधार और कल्पना की बेतुकी उड़ान मात्र सिद्ध होता है। तीसरी बात यह है कि हूण और शक जातियों का वर्णन रघुंवश में है अवश्य; परन्तु कहीं भी वे भारतवर्ष में विजेत के रूप में चित्रित नहीं हुए हैं। उनका वर्णन उन जातियों के अन्तर्गत किया गया है, जिन्हें रघु ने अपनी दिग्विजय में परास्त किया था; और यह बात इतिहाससिद्ध है कि ईसा से दो शताब्दी पहले ही हूण पामीर के उत्तर में आ गए थे। इसलिए हूणों और शकों के वर्णन से कालिदास के काल के विषय में कोई निश्चित निष्कर्ष नहीं निकाला जा सकता।

गुप्तकालीन मत

अन्य यूरोपीय विद्वानों का मत यह है कि कालिदास के आश्रयदाता विक्रमादित्य चन्द्रगुप्त द्वितीय थे, जिनका समय 375 से 413 ईस्वी तक माना जाता है। गुप्तकाल भारत के लिए शान्ति और समृद्धि का काल था। यह भारत का स्वर्णकाल कहा जाता है। कालिदास के ग्रन्थों में सर्वत्र सुख और समृद्धि की दशा का ही वर्णन मिलता है। इससे कालिदास गुप्तकालीन अर्थात् ईसा की चौथी शताब्दी के अन्त में हुए सिद्ध होते हैं। इस पक्ष के समर्थन में कई बातें कही जाती हैं। पहली बात तो यह कही जाती है कि मालव संवत् पहले से चला आ रहा था। उसे चन्द्रगुप्त द्वितीय ने विक्रम संवत् के नाम से प्रचारित किया। चन्द्रगुप्त के पुत्र का नाम कुमारगुप्त था। कहा जाता है कि कालिदास के महाकाव्य 'कुमारसम्भव' की रचना शायद कुमारगुप्त के जन्म के उपलक्ष्य में ही की गई होगी। यह भी कहा जाता है कि चौथी शताब्दी में हरिषेण ने चन्द्रगुप्त की प्रशस्ति लिखी थी, उसके विजय-वर्णन तथा रघुवंश में वर्णित रघु की दिग्विजय में बहुत समानता है। इससे स्पष्ट है कि कालिदास समुद्रगुप्त के पश्चात् चन्द्रगुप्त के राज्यकाल में ही रहे होंगे। एक और बात यह है कि प्रसिद्ध विक्रमादित्य 'शकारि' के रूप में प्रख्यात हैं। शकों को चन्द्रगुप्त द्वितीय ने भारत से बाहर खदेड़ा था। इसलिए भी चन्द्रगुप्त द्वितीय को कालिदास का आश्रयदाता विक्रमादित्य मानना उचित है। इस पक्ष के समर्थन में यहां तक कहा गया है कि कालिदास ने अपने काव्यों में 'गुप्' धातु का प्रयोग कई जगह किया है; जिससे उनका गुप्तवंश के प्रति स्नेह प्रकट होता है और कई जगह उन्होंने 'चन्द्र' तथा 'इन्दु' शब्दों का प्रयोग किया है, जिससे वे चन्द्रगुप्त की ओर संकेत करते जान पड़ते हैं। इस मत के समर्थक कीथ इत्यादि हैं।

परन्तु यदि इस मत की सूक्ष्मता से परीक्षा की जाए तो यह उतना सुदृढ़ सिद्ध नहीं होता, जितना यह पहले-पहल दिखाई पड़ता है। पहली बात तो यह है कि गुप्तों का अपना संवत् था, जिसे गुप्तवंश के प्रवर्तक चन्द्रगुप्त प्रथम ने प्रारम्भ किया था। बाद के गुप्त राजा इसी संवत का प्रयोग करते रहे। स्कन्दगुप्त का जो शिला-लेख गिरनार में मिला है, उसमें गुप्त संवत् से ही गणना की गई है। यहां तक की नौवीं शताब्दी से पहले विकम संवत् का प्रयोग बहुत कम मिलता है। फिर चन्द्रगुप्त जैसे पराक्रमी सम्राट् को यदि संवत् ही चलाना होता, तो वह अपना अलग ही संवत् चलाता। अपना नाम मालव संवत् के साथ न जोड़ता।

इसके अतिरिक्त और भी महत्वपूर्ण बात यह है कि चन्द्रगुप्त द्वितीय के

लिए 'विक्रमादित्य' केवल उपाधि थी। उसका असली नाम विक्रमादित्य नहीं था। अवश्य ही उससे पहले कोई ऐसा लोकप्रिय प्रसिद्ध नरेश विक्रमादित्य हो चुका था, जिसको सब जगह प्रशंसनीय माना जाता था और उसीके अनुकरण में लोग अपने नाम के साथ विक्रमादित्य उपाधि लगाना चाहते थे। कालिदास के ग्रन्थों में जो प्रसंग समुद्रगुप्त की दिग्विजय से मिलते-जुलते बताए जाते हैं, उनके विषय में विद्वानों में बहुत मतभेद है। अनेक विद्वान यह समझते हैं कि उनके अर्थ अलग-अलग ढंग से करने पर उनमें काफी अन्तर पड़ जाता है जिससे कुछ भी सुनिश्चित ऐतिहासिक निष्कर्ष नहीं निकाला जा सकता। इसी प्रकार 'गुप्' धातु के प्रयोग से गुप्तवंश' 'इन्दु' और 'चन्द्र' शब्दों के प्रयोग से चन्द्रगुप्त तथा 'कुमारसम्भव' से कुमारगुप्त का अर्थ निकालना अनुचित खींचातानी करना है। इस प्रकार की खींचातानी से तो अर्थ का अनर्थ किया जा सकता है।

57 ईस्वी पूर्व का मत

इस मत के अनुसार विक्रमादित्य ईसा से 57 वर्ष पूर्व हुए थे। उनके नाम से चला आ रहा विक्रम संवत् इस बात का सबसे बड़ा प्रमाण है। वे उज्जयिनी के राजा थे और उन्होंने शकों को परास्त किया था। बहुत समय तक इतिहासवेत्ता लोग यह मानते थे कि 57 ईस्वी पूर्व में उज्जयिनी में कोई बड़ा प्रतापी शासक नहीं हुआ। परन्तु अब यह सिद्ध हो गया है कि कालिदास के आश्रयदाता परमारवंशीय विक्रमादित्य थे। इनके पिता का नाम महेन्द्रादित्य था। इन विक्रमादित्य का वर्णन 'कथासरित्सागर,' 'वैतालपंचविंशतिका' और 'द्वात्रिंशत्पुत्तलिका' इत्यादि कथाओं में मिलता है। यद्यपि इनमें से अनेक कथाएं विक्रमादित्य का गौरव बढ़ाने के लिए ही लिखी गई थीं, परन्तु उनसे इतना तो निश्चित हो जाता है कि उस समय विक्रमादित्य नाम के कोई प्रतापी लोकप्रिय राजा थे। ये विक्रमादित्य शैव थे। इनके पिता ने उज्जैन में महाकाल के मन्दिर का निर्माण करवाया था। जब शकों ने अपना पहला आक्रमण किया, तब विक्रमादित्य ने उन्हें परास्त किया था। इससे कालिदास के शैव होने की भी पूरी संगति बैठ जाती है। कालिदास ने अपने सभी ग्रन्थों में शिव की अत्यधिक भक्ति प्रदर्शित की है। गुप्त सम्राट् शैव नहीं थे बल्कि वैष्णव थे। इसलिए कालिदास को चन्द्रगुप्त द्वितीय का समकालीन मानता संगत नहीं।

'अभिज्ञानशाकुन्तल' के प्रारम्भ में कालिदास ने विक्रमादित्य का स्पष्ट ही उल्लेख किया है, साथ ही इन्द्र के लिए 'महेन्द्र' शब्द का ही व्यवहार किया गया।

सम्भवतः विक्रमोर्वशीय नाटक का अभिनय उस समय किया गया था कि जब महेन्द्रादित्य ने विक्रमादित्य को राजसिंहासन पर बिठाया था।

'कथासरित्सागर' में विक्रमादित्य का काफी विस्तृत वर्णन है। 'कथा-सरित्सागर' गुणाढ्य की 'बृहत्कथा' के आधार पर लिखा गया है और 'बृहत्कथा अब प्राप्त नहीं होती। गुणाढ्य स्वयं विक्रमादित्य के आस-पास के समय में ही हुए थे, इसलिए उनके द्वारा दी गई विक्रमादित्य-सम्बन्धी जानकारी को पर्याप्त प्रामाणिक माना जा सकता है। इस प्रकार अधिक विश्वसनीय मत यह प्रतीत होता है कि कालिदास ईस्वी पूर्व पहली शताब्दी में परमारवंशीय महाराजा विक्रमादित्य के आश्रय में विद्यमान थे। विक्रमादित्य की राजधानी उज्जैन थी। कालिदास का भी उज्जयिनी के प्रति अत्यधिक अनुराग दृष्टिगोचर होता है।

इस विषय में दो बातें और उल्लेखनीय हैं। एक बात यह कही जा सकती है कि कालिदास के ग्रन्थों में ज्योतिष-सम्बन्धी कई बातें कही गई हैं और ज्योतिष भारतवासियों ने यूनान और रोम से सीखा था। इसलिए कालिदास का काल यूनानियों के भारत आने के पश्चात् होना चाहिए। परन्तु यह तर्क कुतर्क है। क्योंकि कालिदास ने बहुत पहले और यूनानियों के आगमन से निश्चित रूप से पहले लिखे गए वाल्मीकि रामायण में ज्योतिष के अनेक संकेत मिलते हैं। ज्योतिष-शास्त्र यूनानियों ने स्वयं बेबीलोनिया के निवासियों से सीखा था और यदि भारतवासियों ने ज्योतिषशास्त्र किसी विदेशी से सीखा भी हो, तो वह सीधा बेबीलोनिया अथवा ईरान के निवासियों से सीखा होगा और यूनानी लोग भी तो भारत में ईसा से चार शताब्दी पहले ही आने-जाने लगे थे। इसलिए केवल इस आधार पर कालिदास का समय पीछे की ओर घसीटना संगत नहीं।

दूसरी युक्ति यह दी जाती है कि कालिदास और अश्वघोष की रचनाएं परस्पर बहुत मिलती-जुलती हैं। इस बात को भी सब लोग मानते हैं कि कालिदास की रचना अश्वघोष की रचना की अपेक्षा अधिक अच्छी है। अश्वघोष का समय ईसा की पहली शताब्दी में कनिष्क के राज्यकाल में माना जाता हैं। इससे यह निष्कर्ष निकाला गया है कि अश्वघोष ने पहले काव्यरचना की और कालिदास ने उनके बाद उनका अनुकरण करते हुए अपनी शैली को सजा-संवारकर परिष्कृत किया। परन्तु यह कोई आवश्यक नहीं है कि यदि कोई कवि पहले हुआ हो, तो उसकी रचना खराब होगी। यदि और अन्य सब बातों पर ध्यान दिया जाए तो यही प्रतीत होता है कि अश्वघोष ने कालिदास से प्रेरणा ग्रहण की; परन्तु उनका सफल अनुकरण न कर पाए।

कालिदास की रचनाएं

यों तो कालिदास की लिखी हुई 35 के लगभग रचनाएं बताई जाती हैं। परन्तु प्रामाणिक रूप से कालिदास की रचनाएं निम्नलिखत हैं:

नाटक—अभिज्ञानशाकुन्तल, विक्रमोर्वशीय और मालविकाग्निमित्र।

महाकाव्य— कुमारसम्भव और रघुवंश।

काव्य—ऋतुसंहार और मेघदूत।

कुमारसम्भव महाकाव्य

कालिदास ने दो महाकाव्य लिखे हैं। इनमें से रचना की प्रौढ़ता की दृष्टि से रघुवंश उत्कृष्ट है। परन्तु काव्य-सौन्दर्य की ताजगी की दृष्टि से कुमारसम्भव के पहले आठ सर्ग अधिक अच्छे कहे जा सकते है। कुमारम्भव महाकाव्य है।

महाकाव्य के लिए संस्कृत आचार्यों ने उनमें निम्नलिखित बातों का होना आवश्यक माना है—

महाकाव्य सर्गों में बंटा होना चाहिए। उसका एक नायक होना चाहिए, चाहे वह देवता हो अथवा कुलीन वंश में उत्पन्न क्षत्रिय हो। वह धीर और उदात्त गुणों से युक्त होना चाहिए या एक वंश में उत्पन्न हुए अनेक उच्च कुलीन राजा भी नायक हो सकते हैं। महाकाव्य में शृंगार, वीर या शान्त इनमें से एक रस प्रधान होना चाहिए। गौण रूप से इसमें सब रस और सब नाटक सन्धियां प्रयुक्त की जानी चाहिए। इसकी कथा इतिहासप्रसिद्ध होनी चाहिए अथवा किसी श्रेष्ट व्यक्ति को आधार बनाकर कल्पित कथा भी लिखी जा सकती है। धर्म, अर्थ, काम, मोक्ष इनमें से किसी एक की प्राप्ति उस नाटक का फल होना चाहिए। प्रारम्भ में नमस्कार, आशीर्वाद अथवा कथावस्तु का उल्लेख होना चाहिए। बीच-बीच में कहीं-कहीं दुष्टों की निन्दा और सज्जनों की प्रशंसा होनी चाहिए। एक सर्ग में एक ही छन्द रहना चाहिए। सर्ग के अन्त में आनेवाली कथा का संकेत रहना चाहिए। महाकाव्य में सन्ध्याकाल, सूर्य, चन्द्रमा, रात्रि, ब्राह्ममुहूर्त, अन्धकार, दिन, प्रभात, दुपहरी, शिकार, पहाड़, ऋतु, वन और सागर का वर्णन होना चाहिए। संयोगशृंगार, और वियोगशृंगार, मुनियों, स्वर्ग नगर तथा यज्ञों का वर्णन होना चाहिए। युद्ध के लिए प्रस्थान, विवाह, वार्तालाप तथा पुत्र-जन्म इत्यादि का यथावसर सांगोपांग वर्णन होना चाहिए। महाकाव्य का नाम कवि के नाम पर, कथा के नाम पर, नायक के नाम पर अथवा अन्य किसी व्यक्ति के नाम पर रखा जाना चाहिए और प्रत्येक सर्ग का नाम उस सर्ग में वर्णित कथा के अनुसार रखा जाना चाहिए।

संस्कृत आचार्यों के अनुसार किसी भी काव्य को महाकाव्य तभी माना जाएगा जब उसमें ये लक्षण पाए जाएंगे। इन लक्षणों की दृष्टि से विचार करने पर कुमारसम्भव महाकाव्य सिद्ध होता है। इसमें मुख्य रस शृंगार है। महादेव इससे नायक हैं। इसकी कथावस्तु इतिहास प्रसिद्ध है। इसमें आठ से अधिक सर्ग हैं। प्रत्येक सर्ग के अन्त में आगे आनेवाली कथावस्तु की सूचना मिल जाती है। इसमें पर्वत, ऋतु, विवाह, संध्या, सूर्यास्त, रात्रि इत्यादि के सुन्दर और विस्तृत वर्णन हैं। निस्सन्देह कुमारसम्भव महाकाव्य है।

कालिदास की शैली

कालिदास की शैली संस्कृत-साहित्य में विलक्षण है। उनकी शैली की सबसे बड़ी विशेषता सरलता, सरसता और सुकुमारता है। सरलता और मधुरता से युक्त शैली को संस्कृत में 'वैदर्भी' रीति कहा जाता है और वैदर्भी रीति की रचना में कालिदास को सर्वोत्तम कवि माना जाता है, 'वैदर्भीरीतिसन्दर्भे कालिदासो विशिष्यते। उनकी भाषा अत्यन्त सरल है, और शब्दार्थ समझने में न विलम्ब होता है, न कठिनाई। फिर भी उनकी रचनाओं को कई बार पढ़ने पर नया ही अर्थ सामने आता है। कालिदास ने एक जगह लिखा है कि सुन्दरता वही है जो पल-पल में नया रूप धारण करती जाए।– ''क्षणे-क्षणे यन्नवतामुपैति तदेव रूपं रमणीयतायाः।'' यह बात उनकी अपनी रचनाओं पर विशेष रूप से लागू होती है।

कालिदास ने अपने काव्यों में कहीं तो वर्णनात्मक शैली का प्रयोग किया है, कहीं उन्होंने उपमाओं, उत्प्रेक्षाओं और रूपकों द्वारा दृश्यों के सजीव चित्र उपस्थित कर दिए हैं, और कहीं उनकी शैली व्यंग्य-प्रधान हो गई है, कहीं उन्होंने मनोहारी व्यंजनाओं द्वारा गतिचित्र उपस्थित किए हैं। वस्तुतः ये गतिचित्र ही कालिदास के काव्य-सौन्दर्य का सर्वोत्तम अंश हैं। इन गतिचित्रों में हमें उन हाव-भावों और क्रियाओं की झांकी मिल जाती है जो यद्यपि शब्दों में तो विस्तार से वर्णित नहीं होती परन्तु व्यंजना शक्ति द्वारा पाठक के हृदय पर बिजली की भांति कौंध जाती है। इस प्रकार के गतिचित्रों का हम आगे चलकर उल्लेख करेंगे।

इसी प्रकार कालिदास की शैली में उनकी उपमाओं का विशेष महत्व है। कालिदास की उपमाएं बेजोड़ समझी जाती हैं और सच तो यह है कि कालिदास की वे ही उपमाएं और उत्प्रेक्षाएं विशेष सुन्दर बन पड़ी हैं, जिनमें उन्होंने गतिमय चित्रों का अंकन किया है। उदाहरण के लिए कालिदास के रघुवंश में इन्दुमति-स्वयंवर के प्रंसग में दी गई दीपशिखा की उपमा बहुत प्रसिद्ध है। इन्दुमति स्वयंवर भवन में दोनों ओर बैठे हुए राजकुमारों के बीच में से धीरे-धीरे आगे बढ़ रही है और

उसकी दासी प्रत्येक राजकुमार का परिचय देती है। इस प्रकार एक-एक करके राजकुमारों को अस्वीकृत करती हुई इन्दुमती की उपमा कालिदास ने चलती हुई दीपशिखा से दी है। वे लिखते हैं कि 'चलती हुई दीपशिखा की भांति पतिम्वरा इन्दुमती जिस-जिस राजकुमार को पीछे छोड़ती जाती थी, वही राजमार्ग के किनारे खड़े हुए भवन की भांति कान्तिहीन होता जाता था।'

सञ्चारिणी दीपशिखेव रात्रौ, यं यं व्यतीयाय पतिम्वरा सा।
नरेन्द्रमार्गाट्ट इव प्रपेदे विवर्णभावं स स भूमिपालः ॥

यहां भी सौन्दर्य गतिमय चित्र का है। इन्दुमती चली जा रही है, उसका सौन्दर्य दीपशिखा की भांति मोहक है। जिस राजकुमार के सम्मुख वह जाकर खड़ी होती है उसी का मुख आशा और आनन्द से उसी प्रकार चमक उठता है; जैसे रात्रि में चलती हुई दीपशिखा जिस भवन के सामने पहुंचती है वही प्रकाश से आलोकित हो उठता है और जहां से वह आगे बढ़ जाती है वहां अंधेरा छा जाता है। इसी प्रकार जिस राजकुमार को छोड़कर इन्दुमती आगे बढ़ जाती है उसी का मुख आभाहीन हो जाता है।

इसी प्रकार कुमारसम्भव के तीसरे सर्ग में पार्वती महादेव के पास पहुंच रही हैं। स्तनों के भार से उनके कंधे झुक-से गए हैं, लाल रंग के वस्त्र उन्होंने पहने हुए हैं। वहां कालिदास उनकी तुलना ढेर के ढेर फूलों के गुच्छे से लदी हुई हरी-भरी चलती लता से करते हैं। यहां भी बहुत कुछ सौन्दर्य गतिमय चित्र का ही है।

कालिदास की शैली की एक और विशेषता यह है कि प्रत्येक रस के अनुकूल भाषा और छन्द का चुनाव बहुत कुशलता से करते हैं। रघुवंश के आठवें सर्ग में उन्होंने 'वियोगिनी' छन्द का प्रयोग किया है। ये दोनों अवसर मृत्यु के उपरान्त किए गए विलाप के सम्बन्ध में है और यह 'वियोगिनी' छन्द अपनी विशिष्ट लय के कारण करुणाजनक विलाप के लिए अत्यन्त उपयुक्त है। इसके दो-एक पद्य देखिए–

शशिनं पुनरेति शर्वरी दयिता द्वन्द्वचरं पतत्त्रिणम्।
इति तौ विरहान्तरक्षमौ कथमत्यन्तगता न मां दहेः॥

–रघुवंश

हृदये वसतीति मत्प्रियं यदवोचस्तदवैमि कैतवम्॥
उपचारपदं चेदिदं त्वमनङ्गः कथमक्षता रति ।

–कुमारसम्भव

इस छन्द की लय अपने आप में ही कुछ कराह की भांति सुन पड़ती है। फिर इस प्रकार के प्रंसगों की भाषा भी सरल और प्रदर्शन-शून्य है। इसके विपरीत जहां महादेव कामदेव को भस्म करते हैं वहां की भाषा देखिए—

तपःपरामर्शविवृद्धमन्योर्भ्रूभंगदुष्प्रेक्ष्यमुखस्य तस्य।
स्फुरन्नुदर्चिः सहसा तृतीयादक्ष्णः कृशानुः किल निष्पपात॥

'तप के कारण महादेव का क्रोध और भी प्रचण्ड हो उठा। उनकी भौंहें तन गईं, उनके तमतमाते हुए मुख की ओर देख पाना तक असम्भव हो उठा और उनके तीसरे नेत्र से एकाएक प्रचण्ड लपटें मारती हुई अग्नि निकल पड़ी।'

यहां जैसा क्रोध ओर उग्रता का भाव प्रदर्शित करना अभीष्ट है, भाषा भी उसी के अनुकूल कठोर हो उठी है। क्रुद्ध महादेव का ही चित्र सामने नहीं आ जाता, बल्कि आंखों से लपटों के साथ निकलती हुई अग्नि भी दीखती-सी प्रतीत होने लगती है।

कालिदास ने अवसर के अनुकूल भाषा बनाने और छन्द का चुनाव करने का ध्यान सब जगह रखा है।

इसके साथ ही कालिदास अनेक जगह विस्तृत वर्णन न करके संक्षिप्त व्यंजना द्वारा काम चला लेते हैं और व्यंजना के कारण भाव की अनुभूति और गम्भीर और मनोरम हो उठती है; जैसे, पार्वती महादेव क सम्मुख पहुंची और कामदेव के बाण के फलस्वरूप महादेव ने कुछ विचलित होकर उसके बिम्बाधरों से युक्त मुख की ओर देखा। अब कालिदास द्वारा चित्रित पार्वती का चित्र देखिए। 'पार्वती के अंग खिलते हुए छोटे-छोटे कदम्ब पुष्पों की भांति हो उठे, जिससे उसके मन का भाव प्रकट हो उठा। वह आंखें तिरछी करके जरा-सा मुंह फेरकर खड़ी हो गई, जिससे उसका मुंह और भी दिखाई पड़ने लगा।'

यहां पर प्रिय की सप्रेम दृष्टि के सम्मुख लजाई हुई, तिरछी होकर खड़ी हुई प्रियतमा का चित्र है। परन्तु जिसने कदम्ब का फूल नहीं देखा है, वह एकाएक इसके सौन्दर्य को ग्रहण नहीं कर सकेगा। कदम्ब का फूल गेंद के समान गोल होता है और उसपर सब ओर सैकड़ों, हजारो अंकुर-से निकले हुए होते हैं। जब कदम्ब का फूल खिलता है, तो सब ओर निकले हुए ये अंकुर खिल उठते हैं। यहां पर पार्वती के शरीर की तुलना खिलते हुए कदम्ब-पुष्प से करने का प्रयोजन यह है कि जिस प्रकार कदम्ब-पुष्प से ऊपर अंकुर-से खड़े रहते हैं, उसी प्रकार पार्वती के सारे शरीर पर रोएं खड़े हो गए। यह रोमांच उनके प्रेम-भाव का व्यंजक

है। इस प्रकार इस एक श्लोक में ही हमें न केवल पार्वती के बाह्य रूप का दर्शन हो जाता है, बल्कि उसके मन की भी झलक मिल जाती है, जिसे शब्दों द्वारा कालिदास ने नहीं कहा। इस प्रकार की व्यंजना के प्रयोग कालिदास में बहुत हैं और व्यंजनाप्रधान काव्य ही श्रेष्ठ काव्य माना जाता है।

कालिदास ने अपनी रचनाओं में अलंकारों का यथेष्ट प्रयोग किया है। उपमा, उत्प्रेक्षा, रूपक, संदेह, भ्रान्ति और तद्गुण इत्यादि अनेक अलंकार उनकी रचनाओं में बार-बार प्रयुक्त हुए हैं परन्तु कालिदास उस युग के कवि थे, जिसमें अंलकार साधन थे, साध्य नहीं। उनकी रचना में ऐसा अलंकार ढूंढ पाना कठिन होगा, जिसका प्रयोग केवल अलंकार-प्रदर्शन के लिए किया गया हो। वस्तुतः कालिदास की कविता-सुन्दरी अपने-आप में इतनी सुन्दर है कि उसे अंलकारों की कोई आवश्यकता नहीं है। इसीलिए कहीं-कहीं कालिदास की कविता अलंकार-शून्य होने पर भी बहुत सुन्दर बनी है। बिना अलंकारों के ही उन्होंने व्यंजना द्वारा अपना भाव व्यक्त कर दिया है। जैसे जब सप्तर्षि हिमालय के पास महोदव के लिए पार्वती की याचना करने गए और उन्होंने अपनी बात हिमालय से कह दी, उस समय कालिदास लिखते हैं कि 'जब देवर्षि अंगिरा यह सब कह चुके तो उस समय पार्वती अपने पिता के पास मुंह झुकाए अपने कमल की पंखुरियां गिनने लगी।' यहां पर अलंकार न होने पर भी पार्वती के मनोभाव की रमणीक अभिव्यक्ति हो गई है। उसकी लज्जा, प्रेम और हार्दिक आनन्द तथा उस आनन्द को छिपाने का प्रयत्न सभी स्पष्ट हो उठे हैं।

फिर भी कालिदास ने अपनी कविता-सुन्दरी के कलेवर को सजाने के लिए अलंकारों के प्रयोग में कमी नहीं की है और उनके ये अलंकार सच्चे हीरों और मोतियों की भांति जगमगाते हुए आभूषण हैं। सभी जगह उन्होंने काव्य-सौन्दर्य की वृद्धि में सहायता दी है। केवल संदेह का एक उदाहरण देखिए, 'उस बड़े-बड़े नयनोंवाली पार्वती की चंचल चितवन वायु से हिलते हुए नीलकमलों के समान थी। यह पता नहीं चलता था कि वह उसने हरिणियों से ली थी अथवा हरिणियों ने उससे?''

इस एक छोटे-से अलंकार से पार्वती की काली आंखों और चंचल चितवन का जैसा सुन्दर चित्रण हुआ है वैसा शायद अन्य अंलकारों द्वारा न हो सकता परन्तु अलंकारों के मनोहारी प्रयोग के उदाहरण कालिदास में इतने अधिक हैं कि यदि उन सबका संग्रह और स्पष्टीकरण किया जाए तो कालिदास को रचनाओं से कई गुना अधिक मोटी पोथी तैयार हो जाए।

कालिदास की उपमा

कालिदास अपनी उपमाओं के लिए बहुत प्रसिद्ध हैं। हम यह किसी प्रकार मानने को तैयार नहीं हैं कि उपमा ही कालिदास की सबसे बड़ी विशेषता है। परन्तु इतना अवश्य सत्य है कि उपमाओं के चुनाव में जैसी सूझ-बूझ और विवेक कालिदास ने प्रदर्शित किया है, वैसा संस्कृत में अन्य किसी कवि ने नहीं किया। वस्तुतः जिस कवि ने भी कालिदास की उपमाओं की विशेष रूप से प्रशंसा की है उसका आशय उपमाओं और उत्प्रेक्षाओं दोनों से ही रहा होगा।

कालिदास की उपमाएं और उत्प्रेक्षाएं प्रायः प्रकृति में से चुनी गई होती हैं और उनमें उपमान का उपमेय के साथ ऐसा चमत्कारपूर्ण सादृश्य होता है कि पाठक एकाएक चमत्कृत तो हो ही उठता है, साथ ही उसका मन एक स्थायी आह्लाद से भी भर उठता है। स्थायी आह्लाद से हमारा अभिप्राय यह है कि उपमा का चमत्कार केवल नवीनता के कारण आकर्षक प्रतीत नहीं होता बल्कि उपमेय और उपमान में कुछ सरल साम्य के कारण वह निरन्तर आकर्षक बना रहता है। इसलिए उनकी उपमाओं और उत्प्रेक्षाओं को हर बार नये सिरे से पढ़ने पर नये आनन्द की अनुभूति होती है, जो उस दशा में कभी न होती, यदि कालिदास की उपमाएं केवल कुतूहलजनक चमत्कार पर आधारित रहतीं। इन उपमाओं को गिनना तो बहुत विशाल कार्य है, फिर भी हम उनकी कुछ उपमाओं का उल्लेख करते हैं जो कुमारसम्भव में प्रयुक्त हुई हैं और विशेष रूप से सुन्दर हैं। पार्वती के नवयौवन से उभरते हुए शरीर की उपमा देते हुए कालिदास कहते हैं : 'वह शरीर ऐसे निखर उठा, मानो तूलिका से कोई चित्र निखार दिया हो या सूर्य की किरणों को छूकर कोई कमल खिल उठा हो।' इसी प्रकार समाधि में बैठे हुए महादेव की उपमा देते हुए कालिदास ने लिखा हैः 'वे ऐसे मेघ की भांति शान्त थे, जो तुरन्त बदलनेवाला नहीं है। वे तरंगहीन समुद्र की भांति और वायुहीन स्थान में जल रही निष्कम्प दीपशिखा की भांति शांत बैठे थे।' 'पार्वती के मुख को देखकर महादेव उसी प्रकार विचलित हो उठे जैसे पूर्ण चन्द्र को उदित होते देखकर समुद्र विक्षुब्ध हो उठता है।' विवाह के लिए नये रेशमी वस्त्र पहने हुए पार्वती की उपमा देते हुए कालिदास ने लिखा है, 'वह नये रेशमी वस्त्र पहनकर ऐसे सुशोभित हो उठी, मानो झाग से भरी हुई क्षीरसमुद्र की लहर हो अथवा पूर्ण चन्द्र से जगमगाती हुई शरद ऋतु की रात हो। जब महादेव को हिमालय के अन्तःपुर के सेवक वधू पार्वती के समीप ले गए तब उसकी उपमा देते हुए कालिदास कहते

है कि 'रेशमी वस्त्र धारण किए हुए महादेव को सेवक उसी प्रकार वधू के पास ले गए, जैसे चन्द्रमा की किरणें झाग से भरे हुए समुद्र को किनारे तक ले आती है।'

कालिदास का प्रकृति वर्णन

यों तो कालिदास ने अपनी सभी रचनाओं में न केवल प्रकृति प्रेम का, बल्कि सूक्ष्म प्राकृतिक निरीक्षण का परिचय दिया है, परन्तु कुमारसम्भव में उनका प्रकृति के प्रति अनुराग खूब प्रकट हुआ है। वस्तुतः इस महाकाव्य में इसके लिए अवसर था भी। हिमालय और उसके वन, गंगा की धारा और उसके रेत-भरे किनारे, अनेक सरोवर और प्रपातों ने कालिदास के प्रकृति-वर्णन में स्थान पाया है। कुमारसम्भव का आरम्भ ही हिमालय-वर्णन से होता है और यह वर्णन विस्तार से किया गया है। इस प्रारम्भिक वर्णन में कहीं-कहीं तो उनका अच्छा प्रकृति-निरीक्षण दृष्टिगोचर होता है और कहीं-कहीं ऐसा भी प्रतीत होता है कि उन्होंने कुछ अपनी कल्पना का सहारा लिया है। इस कल्पना के कारण इस वर्णन में कुछ ऐसी विचित्र बातें आ गई हैं जो सुन्दर होने पर भी शायद पाठक को हिमालय पर पहुंचने पर दिखाई न पड़ें। परन्तु काव्य में कल्पना का इतना स्थान उचित रूप से स्वीकार किया ही जाना चाहिए। इसके उपरान्त तीसरे सर्ग में वसन्त का वर्णन किया गया है। यह वर्णन सचमुच ही बहुत सुन्दर बन पड़ा है। इतने संक्षेप में इतना सुन्दर और भावपूर्ण वर्णन अन्यत्र मिलना दुर्लभ है। पांचवे सर्ग में भी उन प्राकृतिक परिस्थितियों का वर्णन है, जिनमें रहकर पार्वती तप कर रही थी। यहां पर जलती हुई आग, काली बिजलियों से भरी बरसाती रातें, सर्दियों में कमलों से शून्य सरोवर, इत्यादि का वर्णन किया गया है। इसके बाद आठवें सर्ग में महादेव ने पार्वती के साथ जो वनों और पर्वतों पर विहार किया, उसके प्रसंग में प्रकृति के बहुत ही मनोहारी वर्णन किए गए हैं। इन वर्णनों में कवि ने अपने निरीक्षण तथा प्रतिभा के चमत्कार को एक साथ मिलाकर प्रदर्शित किया है। यहां उषाकाल, रंगिन संध्याओं, चांदनी रातों, नाचते हुए मोरों, सांझ के समय मुंदते हुए कमलों और उनमें गुनगुनाते हुए भौरों, चकवा-चकवियों, निर्झरों इत्यादि के बहुत ही आकर्षक वर्णन किए गए हैं।

परन्तु कालिदास का प्रकृति-प्रेम और प्रकृति-निरीक्षण केवल इस प्रकार के वर्णनों तक ही सीमित नहीं है, बल्कि वह तो उनके काव्य के सर्वांग में रमा हुआ है। प्रकृति के फूल उनकी नायिकाओं के अंगों से तुलना के ही काम नहीं आते, बल्कि समय-समय पर वे नायिकाओं के श्रृंगार-साधन बनकर उनके सौन्दर्य को

भी बढ़ाते हैं। कालिदास की नायिकाएं प्रायः अपना शृंगार फूलों और पत्तों से ही करती हैं। कुमारसम्भव की पार्वती और अभिज्ञानशाकुन्तल की शकुन्तला पर यह बात विशेष रूप से लागू होती है। अभिज्ञानशाकुन्तल में कालिदास ने प्रकृति का जैसा मनुष्य से सहानुभूति रखनेवाला, उसके सुख-दुख में भाग बंटानेवाला स्वरूप चित्रित किया है, वैसा कुमारसम्भव में दृष्टिगोचर नहीं होता। ऐसा प्रतीत होता है कि कालिदास का जो प्रकृति-प्रेम और निरीक्षण शाकुन्तल में अपनी चरम सीमा पर पहुंचा, कुमारसम्भव में वह केवल विकास की ही दशा में था।

कालिदास पर प्रकृति के सौंदर्य का मर्मस्पर्शी प्रभाव क्रमशः अधिक और अधिक होता गया था, यह बात उनकी रचनाओं को पढ़ने से स्पष्ट हो जाती है। ऋतुसंहार में भी कालिदास ने प्रकृति का वर्णन किया है, किन्तु वहां प्रकृति उनकी नायिकाओं के सम्मुख गौण हो गई है। किस ऋतु में तरुण और तरुणियों के मन में प्रेम की तरंगें किस रूप में उठती हैं, यही बात ऋतुसंहार में विस्तार से वर्णित की गई है। सुन्दरियों का सौन्दर्य, उनके विलास और हाव-भाव प्राकृतिक सौंदर्य पर हावी हो गए हैं। कुमारसम्भव इस दृष्टि से एक पग आगे की रचना है, क्योंकि इसमें प्रकृति-सौन्दर्य की पूर्ति दैवीय सौंदर्य द्वारा करने का यत्न किया गया है। प्रकृति-सौंदर्य के प्रतीक हिमालय की सुरम्यता को महादेव और पार्वती के तप द्वारा और भी अधिक निखारने का प्रयत्न किया गया है। मेघदूत मनुष्य और प्रकृति में ऐकात्म्य स्थापित करने का प्रयत्न है। एक ओर से विरही यक्ष प्रकृति के सौन्दर्य को देख-देखकर तरह-तरह से प्रभावित होता है और साथ ही वह प्रकृति से उसी प्रकार प्रभावित होनेवाली अपनी प्रिया के साथ बिताए हुए अतीत की स्मृति और आनेवाले सुखद मिलन की कल्पना से विभोर हो उठा है। रघुवंश में कालिदास ने यह प्रकट करने का यत्न किया है कि मानवजीवन तभी तक सुखी और समृद्ध रहता है, जबतक वह प्रकृति के घनिष्ठ सम्पर्क में रहता है। प्रकृति के संसर्ग दूर हो जाने पर उसका आध्यात्मिक, सामाजिक और राजनीतिक पतन अवश्यम्भावी है। परन्तु अभिज्ञानशाकुन्तल में पहुंचकर कालिदास की प्रकृति के मार्मिक स्वरूप का उद्घाटन करनेवाली प्रतिभा अपने सर्वोच्च स्तर पर जा पहुंची है। मानव और प्रकृति में इतना घनिष्ठ सम्बन्ध स्थापित हुआ है कि दोनों अभिन्न हो उठे हैं। मानवीय-भावनाओं के उतार-चढ़ाव प्रकृति के रूपों के साथ और प्रकृति के स्वरूप मानव-भावनाओं के साथ परिवर्तित होते रहते हैं। वासना का प्रथम उद्रेक समाप्त होने पर पाठक एक उच्चतर स्तर पर पहुंच जाते हैं जहां प्राकृतिक सौंदर्य भी अधिक है और आध्यात्मिक सौंदर्य भी। यह स्थान है महर्षि

कश्यप का आश्रम, जहां दुष्यन्त और शकुन्तला का पुनर्मिलन होता है। जिस प्रकार यहां प्राकृतिक सौंदर्य आलौकिक है, उसी प्रकार यहां मानव-भावनाएं भी अपने सर्वोत्तम रूप में प्रकट होती हैं। प्रकृति और मानव का यह संयोग विलक्षण ही है।

रीति-रिवाज़ों का ज्ञान

संस्कृत के कवियों के लिए कविता करना उतना सरल कार्य नहीं था, जितना हिन्दी के कवियों के लिए माना जाता है। संस्कृत के कवियों के लिए बहुश्रुत और बहुज्ञ होना आवश्यक था। उन्हें न केवल साहित्यशास्त्र का समुचित ज्ञान होना आवश्यक था, बल्कि भूगोल तथा देश के रीति-रिवाज़ों और अन्य सभी प्रचलित शास्त्रों का यथेष्ट ज्ञान होना आवश्यक समझा जाता था। इसलिए जहां एक ओर हमें बीच-बीच में कालिदास में आयुर्वेद और ज्योतिष-शास्त्र के संकेत मिलते हैं, वहां दूसरी ओर उनका लौकिक रीति-रिवाज़ों का ज्ञान भी विशद दिखाई पड़ता है। उदाहरण के लिए कुमारसम्भंव के सातवें सर्ग में जहां महादेव और पार्वती के विवाह का वर्णन किया गया है, कालिदास ने अपने समय में प्रचलित विवाह-अवसर पर होनेवाले लौकिक आचारों का विस्तृत वर्णन कर दिया है। बीच-बीच में भी ये इस बात का उल्लेख करते रहे हैं कि विधि-विधानों की ओर उनका पूरा ध्यान रहता था। महाकाव्य में सब विधि-विधानों के विस्तृत वर्णनों का अवकाश नहीं होता, इसलिए अनेक स्थानों पर कालिदास 'यथाविधि' अथवा 'विधिज्ञ' आदि शब्दों के प्रयोग द्वारा यह संकेत कर गए हैं कि विधि का उन्हें ज्ञान तो है, परन्तु इस प्रसंग में उसका पूरा वर्णन करना अभीष्ट नहीं है।

समुचित लोकाचारों के ज्ञान का ही यह परिणाम है कि उनके महाकाव्य में विषम परिस्थितियों में भी सर्वत्र औचित्य का पूर्ण पालन हुआ है। अब आज की परिस्थितियों की दृष्टि से देखा जाए तो एकान्त में तपस्या करते हुए महादेव की सेवा के लिए कुमारी पार्वती का जाना अथवा वन में तप करती हुई पार्वती से ब्रह्मचारी की विवाह के सम्बन्ध में बातचीत बहुत विचित्र प्रतीत होगी। परन्तु कालिदास के महाकाव्य को पढ़ते हुए इन विषम स्थलों में भी कहीं पर जरा भी अनौचित्य नहीं आने पाया है। प्रत्येक बात उचित गौरव के साथ ही हुई है। सारे वार्तालाप उन-उन पात्रों की प्रवृत्ति और रुचि के अनुकूल हैं। कहीं पर भी छिछोरापन या उथलापन दिखाई नहीं पड़ता। इसका कारण सुनिश्चित रूप से यही समझा जा सकता है कि कालिदास अपने समय के कुलीन और सम्भ्रान्त समाज में रहे

थे और वह समाज आजकल के समाज की अपेक्षा किसी भी दृष्टि से कम सुसंस्कृत नहीं था। यदि वह कम सुसंस्कृत होता तो अवश्य ही अनेक बातें हमें आज खराब और अनुचित प्रतीत होतीं। परन्तु वास्तविक स्थिति इसके विपरीत है। इस काव्य में वर्णित प्रसंग आज के समाज की तुलना में अधिक सुसंस्कृत प्रतीत होते हैं।

दिव्य पात्रों में मानवोचित भाव

कुमारसम्भव में आए हुए पात्र मानव नहीं हैं। वे देवता, पर्वत, दैत्य अथवा यक्ष, गंधर्व इत्यादि हैं। पर्वतराज हिमालय देवताओं में से ही एक माना गया है जो अन्य देवताओं की भांति यज्ञ के अंश का अधिकारी है। महोदव, इन्द्र, ब्रह्मा, विष्णु आदि देवता ही हैं। दैत्यराज तारक असुर है। फिर भी ये सब पात्र मानवोचित भावों से पूर्ण हैं। ये मनुष्य की भांति ही प्रेम करते हैं, विरह में व्याकुल होते हैं, डरते हैं और परोपकार करने को तैयार रहते हैं। इस दृष्टि से कालिदास ने अपने सूक्ष्म मनोवैज्ञानिक निरीक्षण का परिचय दिया है। उदाहरण के लिए हिमालय की पत्नी मेना अपनी कन्या उमा को तप करने से रोकती है, क्योंकि वह अपनी प्यारी बेटी को तप का कष्ट सहने देना नहीं चाहती। परन्तु बेटी मानती नहीं और वह अपने पिता को मनाकर उससे तप की आज्ञा प्राप्त कर लेती है। यह बात, लगता है, चिरकाल से इसी प्रकार होती आई है कि बालक अपने हठ इसी प्रकार पूरे करवाते रहे हैं।

कालिदास के इस काव्य में हमें तत्कालीन भारतीय पारिवारिक जीवन की भी झलक दिखाई पड़ती है और यह पारिवारिक जीवन आज भी बहुत कुछ अंशों में ज्यों का त्यों बना हुआ है।

इसी प्रकार तारक द्वारा देवताओं की पराजय और उस पराजय से चिन्तित होकर देवताओं का विजय-प्राप्ति के लिए प्रयत्न बिलकुल मानवोचित भावपूर्ण है। दूसरी ओर जब देवता अपने कष्ट के निवारण के लिए ब्रह्मा के पास जाते हैं तो ब्रह्मा बड़े असमंजस में पड़ जाते हैं, क्योंकि उन्होंने ही तो तारक को यह वर दिया था कि 'तुम्हें ऐसा कोई व्यक्ति नहीं मार पाएगा, जिसकी आयु सात दिन से अधिक हो।' अब जिसे स्वयं शक्ति प्रदान की, उसे स्वयं ही नष्ट करने का उनका मन नहीं होता। इसलिए उन्होंने स्वयं कोई उपाय न करके उन्हें एक और मार्ग दिखा दिया जिससे उनका कष्ट दूर हो सके। इससे ब्रह्मा का एक गौरवपूर्ण मानवोचित रूप हमारे सम्मुख उपस्थित होता है।

अपना कार्य सिद्ध करने के लिए इन्द्र द्वारा कामदेव का विशेष आदर भी इन्द्र की व्यवहारकुशलता का परिचायक है। इस प्रकार अनेक स्थलों पर यह बात

स्पष्ट है कि भले ही कालिदास ने अपने महाकाव्य के पात्र देवता और असुर रखे हैं, फिर भी इसमें मानवोचित भावों तथा मनावैज्ञानिक निरीक्षण की कमी नहीं है।

महादेव और पार्वती का शृंगार-वर्णन

सनातनी हिन्दू महादेव और पार्वती को सबसे बड़े देव और देवी मानते हैं। स्वयं कालिदास शिव के परम भक्त थे। अपने सभी काव्यों में उन्होंने प्रारम्भ में शिव की स्तुति की है और यथावसर अन्य स्थानों पर भी अपनी शिव-भक्ति प्रकट की है। फिर भी उन्होंने महादेव और पार्वती का, जिन्हें वे जगत् के माता-पिता मानते थे, शृंगार-वर्णन किया। इसको कुछ लोगों ने शायद बुरा भी माना और किंवदन्ती है कि कुमारसम्भव लिखने के उपरान्त कालिदास को कोढ़ हो गया और फिर उन्होंने प्रायश्चित्तस्वरूप रघुवंश लिखा, जिससे उनका कोढ़ दूर हुआ। यहां कोढ़ का अभिप्राय सम्भवतः इतना ही हो कि समाज के कुछ वर्ग में कालिदास की प्रतिष्ठा कम हो गई हो या इस प्रकार रचनाएं लिखनेवालों के प्रति जैसा अवज्ञा का भाव संसार के सभी देशों और कालों में कुछ वर्गों में उत्पन्न होता रहा है, कालिदास के प्रति भी हो गया हो और रघुवंश लिखने के बाद उनकी प्रतिष्ठा यथापूर्व हो गई हो-यह बात असम्भव नहीं। खास तौर से जब तक कि समाज में एक बड़ा वर्ग ऐसा होता है, जो कुमारसम्भव जैसी रचनाओं को आग्रहपूर्वक पढ़ता है; पढ़कर उसमें आनन्द लेता है और उसके बाद उत्साह के साथ उन रचनाओं की निन्दा करता है; कवि को गालियां देता है; और फिर छिपकर उन्हीं रचनाओं को पढ़ता है और आनन्द लेता है।

इस प्रकार की निन्दा से न तो कुमारसम्भव का प्रचार ही रुका और न इससे कालिदास के उस पद को ही कुछ आंच पहुंची, जो उन्होंने कवियों में बना लिया है। फिर भी धर्म-धुरन्धरों का कालिदास के प्रति यह क्रोध इसलिए अन्यायपूर्ण था, क्योकि उन्होंने कुमारसम्भव के अन्दर बह रही आदर्श की धारा की ओर आंखें खोलकर देखने का यत्न ही नहीं किया। कुमारसम्भव में कालिदास ने उस काम का दहन प्रदर्शित किया है, जो केवल रूप-सौन्दर्य से उद्दीप्त हो उठता है। ऐसे प्रेम को उन्होंने त्याज्य माना है, जो केवल काम-वासना के वशीभूत होकर किया जा रहा हो। इसीलिए तीसरे अंक में पार्वती को लांछित और तिरस्कृत होना पड़ा है। केवल रूप-सौंन्दर्य के बल पर महादेव को प्राप्त न करके पार्वती उन्हें पाने के लिए तपस्या करती है और इस तपस्या के बाद जो मिलना होता है, वह कालिदास की दृष्टि में मंगलमय है। जीवन में शृंगार, काम-सुख तथा संतान

प्रजनन का अनिवार्य और महत्वपूर्ण स्थान है। इसीलिए ऐसे प्रसंगों का उल्लेख होते ही 'अश्लील है, अश्लील है' चिल्लाने लगना अपनी पाखण्डवृत्ति का परिचय देना है। विशेष रूप से तब, जब कि ऐसा शोर मचानेवाले लोग अपने वैयक्तिक जीवन में एकदम धर्मात्मा, जितेन्द्रिय और जीवनमुक्त न हों परन्तु ऐसे लोग समाज में सदा रहे हैं और इस बात की भी कोई सम्भावना नहीं है कि कोई ऐसा समय आएगा जब समाज में ऐसे पाखंडियों का एकदम अभाव हो जाए।

कालिदास का धार्मिक सम्प्रदाय

ऊपर लिखा जा चुका है कि कालिदास शैव मत के अनुयायी थे। परन्तु उस काल में, जिसमें धर्म का साम्प्रदायिक मतभेदों का आज की अपेक्षा कहीं अधिक महत्त्व था, रहते हुए भी कालिदास अपनी कविसुलभ हार्दिक विशालता के कारण सब प्रकार की कट्टरता से परे थे। शैवों और वैष्णवों में किसी समय शिव और विष्णु को एक-दूसरे से बड़ा सिद्ध करने के लिए काफी संघर्ष होता रहा है। परन्तु कालिदास की रचनाओं में इस प्रकार की कटुता का अंश नहीं है। कुमारसम्भव के सातवें सर्ग में एक श्लोक में उन्होंने इस विषय में अपना विचार बहुत ही स्पष्ट कर दिया है। उन्होंने लिखा है कि 'एक ही मूर्ति ब्रह्मा, विष्णु और महेश तीन रूपों में बंट गई है और समय-समय पर ये तीनों ही एक-दूसरे से बड़े-छोटे होते रहते हैं, कभी महादेव विष्णु से बढ़ जाते हैं और कभी विष्णु महादेव से। कभी ब्रह्मा इन दोनों से बड़े हो जाते हैं कभी ये दोनों ब्रह्मा से बड़े हो जाते हैं।'

एकैव मूर्तिर्बिभेदे त्रिधा सा सामान्यमेषां प्रथमावरत्वम्।
विष्णोर्हरस्तस्य हरिः कदाचिद् वेधास्तयोस्तावपि धातुराद्यौ॥

आठवें सर्ग से आगे का कुमारसम्भव

आठवें सर्ग के आगे का कुमारसम्भव कालिदासरचित नहीं माना जाता। पहले आठ सर्ग ही कालिदासरचित कहे जाते हैं। इस विषय में बड़ा प्रमाण कहा जाता है कि कालिदास के प्रसिद्ध टीकाकार मल्लिनाथ ने कुमारसम्भव के पहले आठ सर्गों पर ही टीका की है, आगे के सर्गों पर नहीं। इसके अतिरिक्त बाद के अन्य कवियों की रचनाओं में कुमारसम्भव के जो भी उदाहरण पाए गए हैं, उनमें से एक भी आठवें सर्ग के बाद वाले सर्गों में से नहीं हैं सबके सब निरपवाद रूप से आठवें सर्ग से पहले के ही हैं। आठवें सर्ग के बाद सभी सर्गों में श्लोकों की संख्या

बहुत कम हो गई है। नौवें से सत्रहवें सर्गों की रचना पहले के आठ सर्गों की भांति परिष्कृत नहीं है और यतिभंग इत्यादि दोष भी पाए जाते हैं। व्याकरण की भूलें भी अनेक हैं और छन्द की पूर्ति के लिए हि, च, खलु, ननु इत्यादि शब्दों का प्रयोग बहुत मिलता है। रचना में काव्य का सौन्दर्य बहुत कम है। परन्तु जिनसे भी इन सर्गों को लिखा है, उसने पहले कालिदास की अन्य रचनाओं को अच्छी प्रकार पढ़ लिया है और यह यत्न किया है कि रचना कालिदास से मिलती-जुलती जान पड़े। इसीलिए आगे के सर्गों में भी कहीं-कहीं ऐसी कुछ उपमाएं और उत्प्रेक्षाएं आ जाती हैं, जो कालिदास की प्रतीत होती हैं।

सामान्यतया आठवें सर्ग से आगे का कुमारसम्भव कालिदास-रचित नहीं माना जाता।

अनुवाद की कठिनाइयां

इस बात को हमसे अधिक कोई भी नहीं जानता कि कालिदास की किसी भी रचना का हिन्दी में सफल अनुवाद कर पाना असम्भव ही है। कारण कि उत्तम काव्य में शब्द और अर्थ इस प्रकार इकट्ठे मिले रहते हैं कि उन दोनों को अलग-अलग कर पाना सरल नहीं होता। हिन्दी ही क्या, किसी भी अन्य भाषा में कालिदास की रचना का रूपान्तर करते हुए वह शब्द-सौन्दर्य एकदम जाता रहेगा, जिसपर कवि ने पर्याप्त यत्न किया है। इसके साथ ही छन्दों की यह मधुर झंकार जिसके चुनाव में कवि ने इतना ध्यान रखा है, अनुवाद में कठिनाई से ही आएगी। फिर इस गद्य अनुवाद में कालिदास के मूल-काव्य का सौन्दर्य आ सकता है, ऐसा भ्रम हमें कभी नहीं हुआ।

फिर भी जब तक और कोई प्रतिभाशाली कवि समुचित रीति से कुमारसम्भव का छन्दोबद्ध, ललित, मधुर अनुवाद प्रस्तुत न करे तब तक पाठकों को कालिदास की रचना का जितना भी हो सके उतना आनन्द प्रदान करने के लिए यह पद्य का गद्य में अनुवाद प्रस्तुत किया गया है। इसके द्वारा यदि कालिदास के काव्य में निहित अर्थ-सौन्दर्य ही थोड़ा-बहुत पाठकों के सम्मुख आ सके, तो हम अपने उद्देश्य को पूर्ण हुआ मानेंगे।

कठिनाई केवल इतनी ही नहीं कि अनुवाद पद्य का गद्य में है और छन्दों का अवसरानुकूल प्रवाह इसमें नहीं है, बल्कि साथ ही यह भी कठिनाई है कि जहां कालिदास ने मूल संस्कृत में एक ही अर्थ के लिए हर जगह नये शब्द का प्रयोग किया है, वहां हिन्दी अनुवाद में उन अलग-अलग शब्दों का प्रयोग नहीं

किया जा सका, क्योंकि हिन्दी पाठक के लिए वे शब्द अपरिचित हो जाते। उदाहरण के लिए मूल काव्य में महादेव, पार्वती और कामदेव के लिए हर जगह नये-नये अलग-अलग नाम प्रयुक्त किए गए हैं। महादेव के लिए त्र्यम्बक, त्रिलोचन, चन्द्रमौलि, हर, स्मरशासन, इन्दुमौलि इत्यादि नामों का प्रयोग हुआ है। इसी प्रकार कामदेव के लिए स्मर, मन्मथ, रतिनायक, संकल्पयोनि इत्यादि अनेक नाम प्रयुक्त हुए हैं। परन्तु हिन्दी अनुवाद में हमने केवल दो-एक शब्दों के हेर-फेर से ही काम चलाने का यत्न किया है, जिससे सामान्य पाठक नामों के भ्रम में न पड़ जाएं। अवश्य ही इससे काव्य-सौन्दर्य पर आघात पहुंचा है। परन्तु जब तक पाठक ऊपर न उठे, तब तक विवश होकर अनुवादक को कवि को ही नीचे झुकाना होगा। यह बहुत प्रिय कार्य नहीं है।

इसपर भी यत्न किया गया है, जहां तक सम्भव हो, अनुवाद में मूलकाव्य के शब्दों का ही प्रयोग किया जाए। संस्कृत के समासयुक्त पदों का अनुवाद करते हुए दो कठिनाइयों के बीच में से मार्ग ढूंढ़ने का यत्न किया गया है। एक तो यह है कि मूल अर्थ स्पष्ट हो जाए और दूसरे यह कि समास को तोड़ते हुए 'जो है सो' वाली शैली से बचा जाए और यथाशक्ति भाषा को प्रवाहपूर्ण रखा जाए। इन दोनों उद्देश्यों में सफलता मिली है, यह दावा कर पाना हमारे लिए सम्भव नहीं है। संस्कृत में छोटे-से समास में इतना अर्थ भर दिया जाता है कि उसे प्रवाहपूर्ण हिन्दी में प्रस्तुत करने पर कई बार काफी उलझन खड़ी हो जाती है। इसीलिए अपने सामर्थ्य की अल्पता तथा कार्य की कठिनाई को देखते हुए यह अनुवाद जैसे भी बन पड़ा है, हम उसी में संतोष अनुभव करते हैं।

साहित्य मन्दिर
4/16 रूपनगर
दिल्ली।

–विराज

प्रथम सर्ग

उत्तर की ओर हिमालय नाम का दिव्य पर्वतराज है, जिसके छोर पूर्व और पश्चिम समुद्रों के अन्दर तक गए हुए हैं। ऐसा प्रतीत होता है, जैसे यह हिमालय पृथ्वी का मानदण्ड बना हुआ हो।

सब पर्वतों ने महाराज पृथु के उपदेश से इस हिमालय को गोवत्स बनाकर पृथ्वी से देदीप्यमान रत्नों तथा महौषधियों का दोहन किया था। उस समय दोहन में प्रवीण मेरू पृथ्वी को दुहने बैठा था।

अनन्त रत्नों की खान, इस हिमालय के सौन्दर्य को विपुल हिमराशि भी नष्ट न कर सकी। गुणों के समूह में अकेला दोष चन्द्रमा की किरणों में कलंक की भांति ही छिप जाता है।

इस हिमालय के शिखर अप्सराओं के विलास की प्रसाधन बनने वाली सिन्दूर, गैरिक आदि धातुओं से रंगे रहते हैं, जिन्हें देखकर मेघखंडों को नाना रंगों में रंग देनेवाली असमय में आ गई संध्या का भ्रम होने लगता है।

इस पर्वतराज के कटिभाग में विचरण करनेवाले मेघों के शिखरों के मध्य पर पड़नेवाली शीतल छाया का आनन्द लेने के उपरान्त वर्षा से उद्विग्न होकर सिद्ध लोग इस पर्वत के उन ऊंचे-ऊंचे शिखरों पर जा चढ़ते हैं, जहां धूप निकली रहती है।

हाथियों को मारकर घूमनेवाले सिंहों के पद-चिह्न पर लगा हुआ रक्त यद्यपि बर्फ के पिघलने से बहकर धुल जाता है, फिर भी उनके नखों में फंसे हुए गजमुक्ता जहां-जहां गिरते जाते हैं। इन मोतियों को देख-देखकर ही यहां के किरात उन सिंहों के जाने के मार्ग को पहचान लेते हैं।

यहां विद्याधर-सुन्दरियां गजबिन्दु के समान लाल भोजतरु की छालों पर धातुओं के रस, गेरू, सिन्दूर आदि से अक्षर बनाकर प्रेम-पत्र लिखा करती हैं।

यहां हिमालय की गुफाओं के मुख से निकलता हुआ समीर बांसों के छेदों को भरकर—जिससे अनगिनत बांसुरियों के बजने की-सी ध्वनि निकलने लगती है—ऊंचे राग में गाते हुए किन्नरों को ताल देने का-सा प्रयत्न करता है।

यहां हाथियों द्वारा अपने कपोलतल की खुजली मिटाने के लिए रगड़े गए देवदारू वृक्षों का दूध निकल जाने के कारण फैलता हुआ सौरभ पर्वत-शिखरों को सुगन्धित किए रखता है।

यहां रात में चमकनेवाली वनस्पति का प्रकाश गुहाओं के रूप में बने हुए घरों के अन्दर पड़ता है और वह रमणियों के साथ विलास करते हुए वनचरों के लिए तैलरहित प्रदीप का काम देता है।

यहां पत्थर की तरह कठोर हुए हिमयुक्त मार्ग पर चलते समय यद्यपि पैरों की अंगुलियों और एड़ियों को बहुत कष्ट होता है, फिर भी भारी नितम्बों तथा स्तनों के बोझ के कारण किन्नर-तरुणियां मन्दगति का परित्याग नहीं कर पातीं।

अपनी गुफाओं में आश्रय देकर यह हिमालय दिन में डरे हुए अन्धकार की दिवाकर से रक्षा करता है। महान् लोगों में अपनी शरण में आए हुए क्षुद्र व्यक्तियों के प्रति भी सज्जन की भांति ही कृपाभाव होता है।

जहां-तहां चंवरी गायें, हिलने से शोभा बिखराने वाले तथा चन्द्रमा की किरणों के समान धवल अपनी पूंछों के चंवर डुला-डुला-कर इस हिमालय के गिरिराज नाम को सार्थक करती हैं।

यहां रमण के प्रारम्भ में अपने प्रेमियों द्वारा शरीर के वस्त्र हटा दिए जाने से अत्यन्त लज्जाकुल हुई किन्नर-सुन्दरियों के लिए संयोगवश ही गुफाओं के द्वार पर आकर लटक जानेवाले बादल पर्दे का स्थान ले लेते हैं।

इस हिमालय का पवन भागीरथी के प्रपातों से जलकणों को लेकर बहता है, जिससे देवदारू के वृक्ष रह-रहकर कांप उठते हैं और मोरों के पंख बिखर जाते हैं। इस पवन का आनन्द पशुओं के लिए निकले हुए किरात लोग लेते हैं।

सप्तर्षियों के हाथों द्वारा चुने जाने से बचे हुए इस हिमालय के ऊंचे सरोवरों के कमलों को नीचे से उगता हुआ सूर्य अपनी ऊपर की ओर उठती हुई किरणों से विकसित करता है।

यह हिमालय यज्ञों के लिए उपयोगी सामग्री का उत्पत्ति स्थान है तथा इसमें समस्त पृथ्वी को धारण कर सकने की शक्ति है। इन दो बातों को भली-भांति देखकर ही प्रजापातियों ने स्वयं इसे यज्ञभाग प्रदान किया है।

मेरू के मित्र इस हिमालय ने अपने वंश की वृद्धि के लिए अपने उपयुक्त,

मुनियों की भी आदरणीय, पितरों की मनःसंकल्प से उत्पन्न हुई मेना नामक कन्या से विधिपूर्वक विवाह किया।

इसके पश्चात् कुछ समय बीतने पर उन दोनों के अपने अनुरूप ही सम्भोग में प्रवृत्त होने पर मनोहारी यौवन से भरी हुई पर्वतराज की पत्नी ने गर्भ धारण किया। उसने नाग तरुणियों द्वारा उपभोग किए जाने योग्य मैनाक को जन्म दिया: जिसने समुद्र से मित्रता स्थापित की थी और पर्वतों के पंख काटनेवाले इन्द्र के क्रुद्ध होने पर भी जिसे वज्र के आघातों की वेदना का ज्ञान ही नहीं हुआ।

दक्ष की कन्या और महादेव की पूर्व पत्नी सती, जिसने पिता से अपमानित होने पर योगबल से प्राण त्याग दिए थे, फिर जन्म लेने के लिए पर्वतराज हिमालय की पत्नी मेना के गर्भ में आ प्रविष्ट हुई।

उसके जन्म के दिन आकाश निर्मल था, दिशाएं स्वच्छ थीं। शंखध्वनि के अनन्तर आकाश से पुष्पवृष्टि हुई और सब चराचरों के मन अकारण आनन्द से भर उठे।

कन्या प्रभामंडल से देदीप्यमान थी; रोम-रोम से किरणें फूट रही थीं; लगता था, मानो मेघ-गर्जन के उपरान्त विदूर पर्वत की तरह मां फूली न समाती थी।

द्वितीया की शशिकला के समान दिनोंदिन वह बढ़ने लगी और बढ़ते हुए चन्द्रमा की चांदनी के समान उसका रूप भी निखरने लगा।

स्नेही बन्धु 'पार्वती' नाम से पुकारते थे। पर बाद में माता द्वारा तप का निषेध किए जाने से 'उमा' नाम पड़ गया।

हिमालय का पुत्र भी था; पर उमा को देखते-देखते उसका कभी भी जी नहीं भरता था। वसन्त के अनन्त पुष्पों में भ्रमर माला का आम्रमंजरी से ही विशेष अनुराग होता है।

जैसे उज्ज्वल शिखा से दीप, गंगा से स्वर्ग-मार्ग और विशुद्ध वाणी से विद्वान शोभित एवं पवित्र होता है, उसी प्रकार हिमालय उस कन्या से सुशोभित भी हुआ और पवित्र भी।

गंगा की बालू में घरौंदों से, गेंदों से और गुड़ियों से सखियों के साथ खेलती हुई वह बाल्यावस्था में प्रविष्ट हुई।

जैसे शरद्-ऋतु में हंसमालाएं स्वयं गंगा में आ जाती हैं और महौषधियों में रात्रि में स्वयं चमक आ जाती है, उसी प्रकार उसमें शिक्षाकाल में पूर्वजन्म की सब विद्याएं स्वयं उपस्थित हो गईं।

इसके बाद उसने नवयौवन में प्रवेश किया। यह यौवन धारण न किया

जानेवाला आभूषण है; आसव न होने पर भी मादक है; पुष्पों से न बना होने पर भी कुसुमायुध का बाण है।

तूलिका से चित्र के समान और रवि-किरणों से कमल के समान, नवयौवन से उसका सुडौल शरीर उभरकर निखर उठा।

वह भूमि पर चरण रखती थी, तो उन्नत अंगूठों के नखों की बिखरी हुई लालिमा से जान पड़ता था, जैसे स्थल में कमल खिले हुए हों।

यौवन के भार से अवनत पार्वती की गति ऐसी मनोहर थी, मानो वरण-नूपुर का वादन सीखने के बदले में राजहंसों ने पहले ही उसे अपनी विलासयुक्त गतियां सिखा दी हों।

उसकी छोटी-छोटी और गोल पिंडलियों के बनाने में सारी सौंदर्य-सामग्री समाप्त हो गई, इससे शेष देह का निर्माण करने के लिए फिर से सामग्री जुटाने में विधाता को बहुत प्रयास करना पड़ा।

विशालता के लिए प्रख्यात होते हुए भी गजराजों के शुंडा-दंड स्पर्श में खुरदरे होने से और कदली-स्तम्भ अत्यन्त शीतल होने से उसकी जांघों की तुलना में नहीं टिकते थे।

उस अनिंद्य सुन्दरी के नितम्बों की सुन्दरता का अनुमान इसीसे लग सकता है कि बाद में महादेव ने उसे अपने अंक में स्थान दिया, जिसकी कोई अन्य नारी कामना भी नहीं कर सकती।

नवयौवन में उगे हुए नये रोमों की नाभि तक पहुंचनेवाली रेखा ऐसी दीख पड़ती थी, मानो नीवी को पार करके मेखला के बीच की नीलमणि चमक रही हो।

उसकी कटि अत्यन्त पतली थी और पेट पर त्रिवली सुशोभित थी। प्रतीत होता था जैसे नवयौवन ने कामदेव के चढ़ने के लिए सीढ़ी बना दी हो।

इस कमलनयनी के गौर स्तन बढ़कर परस्पर इतने सट गए थे कि श्यामल स्तनाग्रों के बीच में एक कमलनाल रखने का स्थान न था।

उसकी कोमल बाहें शिरीष पुष्प से भी अधिक सुकुमार थीं, तभी तो कामदेव पराजित होकर भी उन्हें महादेव के गले का हार बना सका था।

स्तनयुगल की समीपता से मनोहर दीख पड़नेवाला उसका कण्ठ सच्चे मोतियों के हार की शोभा था न कि हार कण्ठ की।

पहले लक्ष्मी जब चन्द्रमा में जाती थी तो उसे कमल का आनन्द नहीं मिलता था और कमल में जाने पर चन्द्रमा का सुख नहीं मिलता था। परन्तु उमा के

मुख में आने पर चंचल लक्ष्मी को दोनों का सुख एकसाथ प्राप्त हुआ।

यदि नवपल्लवों में श्वेत सुमन सजा दिए जाएं या लाल मूंगों पर उज्ज्वल मोती रख दिए जाएं, तो अरुण अधरों पर कान्ति बरसानेवाले उसके मन्दस्मित की तुलना हो सकती है।

मधुरभाषिणी पार्वती के बोलने पर स्वर से मानो अमृत झरता था और तुलना में कोयल की कूक तक कर्कश और बेसुरी वीणा के समान जान पड़ती थी।

वायु-विकम्पित नीलकमलों के समान बड़े-बड़े नेत्रवाली पार्वती की अधीर चितवन को देखकर संदेह होता था कि यह उसने हरिणियों से सीखी है या हरिणियों ने उससे?

अंजन से बनाई हुई-सी उसकी लम्बी और काली भौंहों की कान्ति को देखकर कामदेव का अपने धनुष-सौन्दर्य का गर्व चूर-चूर हो गया।

यदि पशुओं के मन में भी लज्जा होती हो तो जिन्हें देखकर चंवरी गायें भी अपने बालों का मोह छोड़ दें, ऐसे सुन्दर उसके केश थे।

विधाता ने सब सुन्दर पदार्थों को यथाविधि एकत्र-सजाकर, विश्व के सम्पूर्ण सौंदर्य को एकसाथ देखने की इच्छा से उसका निर्माण किया था।

देवताओं ने निश्चय किया कि पर्वतराज की पुत्री गौरी का ही विवाह महादेव से करवाया जाए; क्योंकि सम्पूर्ण त्रिलोक में और कोई नारी शिव की पत्नी बनने में समर्थ नहीं है!

एक बार स्वेच्छाविहारी नारद ने उस कन्या को पिता हिमालय के पास देखा और वे बोले कि किसी दिन यह अपने प्रेम के द्वारा शिव की एकमात्र अर्धांगिनी बनेगी।

इसलिए पार्वती की आयु बढ़ती जाने पर भी हिमालय ने उसके लिए किसी वर की खोज नहीं की। मंत्रों द्वारा पवित्र की हुई आहुति को अग्नि के अतिरिक्त अन्य कोई कैसे ग्रहण कर सकता है।

जब तक महादेव स्वयं ही न मांगें, तब तक हिमालय के लिए उन्हें अपनी कन्या का दान करना सम्भव नहीं था। स्वाभिमानी व्यक्ति प्रार्थना अस्वीकृत हो जाने के भय से अभीष्ट बात में भी उदासीन होकर चुप बैठे रहते हैं।

जब पिछले जन्म में दक्ष के ऊपर क्रुद्ध होकर उस सुदर्शना सती ने देह त्याग दी थी, तब से ही पशुपति आसक्ति विहीन होकर अपत्नीक रह गए थे।

वह आत्मवशी महादेव तपस्या के लिए हिमालय के कस्तूरी की गन्ध से सुवासित एक शिखर पर चले गए। वहां गंगा की जलधारा देवदारू तरुओं को

सींचती हुई बहती थी और किन्नर गण जब-तब गीत गाया करते थे।

वहां शिव के गण नमेरू पुष्पों की मालाएं सिर पर लपेटे, कोमल स्पर्शवाली भोज वृक्ष की छालों को पहनकर मनसिल से अपने शरीर को रंगे, शिलाजीतवाली पत्थर की शिलाओं पर बैठे रहते थे।

दर्प के कारण मधुरध्वनिवाला शिव का वाहन नन्दी सिंहों की गर्जना को न सहकर अपने खुरों से हिम की शिलाओं को तोड़ता हुआ इतने जोर से गरज उठता था कि नीलगायें भयभीत होकर उसकी ओर देखने लगती थीं।

वहां अष्टमूर्ति शिव अपनी ही एक मूर्ति अग्नि की समिधाओं द्वारा प्रदीप्त करके, तपस्या के फल के स्वयं दाता होते हुए भी, न जाने किस कामना से तप करने लगे।

स्वर्ग के निवासियों के भी पूजनीय, लोकोत्तर शिव की अर्ध्य द्वारा पूजा करके पर्वतराज हिमालय ने अपनी पुनीत कन्या को आदेश दिया कि वह अपनी जया और विजया नामक सखियों के साथ शिव की अराधना करे।

यद्यपि यह समाधि के विध्नस्वरूप थी, फिर भी शिव ने उसे सेवा करने की अनुमति दे दी। विकार का कारण उपस्थित होने पर भी जिनके मन में विकार नहीं आता, वे ही वस्तुतः धीर होते हैं।

वह सुकेशिनी पार्वती पूजा के लिए फूल चुनती थी, कुशलतापूर्वक वेदी की सफाई करती थी और नियम-पालन के लिए जल और कुशाएं लाती थी। इस प्रकार वह प्रतिदिन महादेव की सेवा करने लगी। उसकी परिश्रान्ति को शिव के मस्तक पर स्थित चन्द्रमा की किरणें दूर किया करती थीं।

द्वितीय सर्ग

उसी समय तारकासुर से भयभीत हुए देवता इन्द्र को अग्रणी बनाकर स्वयंभू ब्रह्मा के निकट पहुंचे। उस समय देवताओं के मुख विवर्ण हो गए थे। उनके सम्मुख ब्रह्मा उसी प्रकार प्रकट हुए, जैसे सोये हुए कमल पुष्पों से भरे सरोवरों के ऊपर प्रातःकाल के समय सूर्य उदित होता है।

सम्पूर्ण सृष्टि को बनानेवाले, वाणी के अधिपति ब्रह्मा को सम्मुख देखकर देवताओं ने उन्हें विनयपूर्वक प्रणाम किया और अर्थगर्भित वाणी में उनकी स्तुति करने लगेः

''हे त्रिमूर्ति, आपको नमस्कार हो। आप सृष्टि से पहले आत्म-स्वरूप रहते हैं, परन्तु सृष्टि बना चुकने के बाद तीनों गुणों—सत्त्व, रजस् और तमस् का विभाग करने के लिए ब्रह्मा, विष्णु और महेश के रूप में अलग-अलग प्रकट हो जाते हैं।

''आपने ही जल में वह अमोघ बीज बोया था, जिससे समस्त चराचर विश्व की उत्पत्ति हुई है। इसी से हे अज, आप इस संसार के जनक कहे जाते हैं।

''आप अकेले ही ब्रह्मा, विष्णु और महेश के तीन रूप धारण करके सृष्टि की उत्पत्ति, स्थिति और संहार के निमित्त बनाते हैं। इससे आपकी महिमा भलीभांति व्यक्त होती है।

''सृष्टि उत्पन्न करने के लिए आपने-अपने-आपको ही स्त्री और पुरुष इन दो भागों में विभक्त कर लिया था। उन्हीं से यह सृष्टि हुई है और वे ही इस समस्त संसार के माता-पिता कहे गए हैं।

''अपने माप से दिन और रात्रि का विभाग करके आप जो शयन और जागरण करते हैं, समस्त प्राणियों के लिए वही प्रलय और सृष्टि है।

''आप संसार के जनक हैं, किन्तु आपका जनक कोई नहीं। आप संसार के संहारक हैं, किन्तु आपका संहार कोई नहीं कर सकता। आपने संसार का प्रारम्भ किया, किन्तु आपका स्वामी कोई नहीं है।

‘‘आप स्वयं अपना ही ज्ञान प्राप्त करते हैं और अपने द्वारा स्वयं अपना ही सृजन करते हैं। अपना कार्य पूर्ण कर चुकने के बाद आप स्वयं अपने-आपमें ही विलीन हो जाते हैं।

‘‘आप तरल भी हैं और ठोस भी, आप सूक्ष्म भी हैं और स्थूल भी। आप लघु भी हैं और गुरु भी; आप व्यक्त भी हैं और साथ ही अव्यक्त भी। आपकी विभूतियां यथेच्छ हैं।

‘‘आपसे ही उस देववाणी का जन्म हुआ है, जो ‘ओ३म्’ से प्रारम्भ होती है और जिसका उच्चारण तीन स्वरों में किया जाता है, जिसका कर्म यज्ञ है और फल स्वर्ग है।

‘‘विद्वान् लोग आपको ही प्रकृति बताते हैं—जो मनुष्य जीवन को गति प्रदान करती है। साथ ही उस प्रकृति का दर्शन करनेवाले और उस प्रकृति के प्रति उदासीन पुरुष भी आप ही कहे जाते हैं।

‘‘आप पितरों के भी पिता हैं, और देवों के भी देव हैं। आप ऊंचे से भी ऊंचे और विधाताओं के भी विधाता हैं।

‘‘आप स्वयं ही हवन करनेवाले होते हैं, और स्वयं ही हवन में पड़ने वाली हवि। आप स्वयं ही अनादि, अनन्त अपभोक्ता हैं और स्वयं ही उपभोग्य भी।

‘‘आप स्वयं ज्ञान के लक्ष्य हैं और जाननेवाले ज्ञाता भी आप स्वयं है। आप स्वयं ध्यान लगानेवाले हैं और आपका ही ध्यान भी लगाया जाता है।’’

उन देवताओं के मुख से ऐसी सच्ची और प्रिय लगनेवाली स्तुति सुनकर ब्रह्मा प्रसन्न हो गए और देवताओं की ओर अभिमुख होकर उनसे कुशल-प्रश्न पूछने लगे।

उन पुराण कवि ब्रह्मा के चारों मुखों से निकलती हुई वाणी से यह सिद्ध हो रहा था कि वाणी के सचमुच ही चार स्वरूप हैं।

ब्रह्मा बोलेः ‘‘हे महापराकमी, दीर्घबाहु देवताओं, आप सबने अपनी-अपनी शक्ति से अपने पद प्राप्त किए हैं। इस समय यहां आप एकसाथ उपस्थित हुए हैं, आप सबका स्वागत है।

‘‘पर यह क्या बात है कि आपका तेज पहले जैसा नहीं दिखाई पड़ता? आपके मुख तुषार के धुंधले पड़े हुए ज्योति-पिंडों के समान क्यों प्रतीत हो रहे हैं?

‘‘वृत्र को मारनेवाले इन्द्र के वज्र से भी इन्द्रधनुष की-सी सतरंगी चमक नहीं निकल रही और चमक न रहने के कारण यह कुंठित हो गया-सा दिखाई पड़ रहा है।

"और वरुण के हाथ में विद्यमान इस पाश को क्या हो गया है? इस पाश से तो कोई भी शत्रु बचकर नहीं जा सकता था। अब तो यह ऐसा निश्चेष्ट दिखाई पड़ रहा है मानो मंत्र-बल से बंधा हुआ कोई सांप हो।

"और कुबेर का गदाशून्य हाथ ऐसा प्रतीत हो रहा है, मानो कोई टूटी हुई शाखावाला वृक्ष हो। यह उस पराजय का संकेत-सा कर रहा है, जिसका कांटा अभी तक कुबेर के मन में गड़ा हुआ है।

"यमराज भी अपने दंड से भूमि को कुरेद रहे हैं। उनके इस अग्निदंड की चमक समाप्त हो गई है और अमोघ होते हुए भी यह इस समय बुझी हुई मशाल-सा दिखाई पड़ रहा है।

"और इन आदित्यों को क्या हुआ? इनका उत्ताप और तेज समाप्त हो गया है। ये शीतल हो गए हैं। और अब तो ये चित्रलिखित-से ऐसे दिखाई पड़ रहे हैं कि कोई भी जी चाहे जितनी देर तक इनकी ओर आंखें खोल देखता रहे।

"अत्यधिक बेचैन होने के कारण मरुतों का वेग भी टूट गया-सा प्रतीत होता है। इस समय ये उसी प्रकार उलटी दिशा में बह रहे हैं, जैसे सम्मुख कोई बड़ी बाधा आ पड़ने पर जलधारा उलटी बहने लगती है।

रुद्रों के सिर झुके हुए हैं। उनके जटा-जूट शिथिल पड़ गए हैं और शशि की कला उनके सिरों से झूलती दिखाई पड़ रही है। ऐसा प्रतीत होता है जैसे क्रोध से भरी हुंकार को किसी ने बलपूर्वक अन्दर ही रोक दिया है।

"कहीं ऐसा तो नहीं कि अपने-अपने पदों पर प्रभाव जमा चुकने के बाद आप लोगों को अधिक बलशाली किसी शत्रु ने परास्त करके उस स्थान से उसी प्रकार हटा दिया हो, जैसे बलवान् अपवाद साधारण नियम को हटाकर उसका स्थान स्वयं ले लेता है?

"प्रिय देवताओं, यह बतलाइए कि आप सब सम्मिलित होकर मुझसे क्या अनुरोध करने आए हैं? मैं तो संसार की केवल सृष्टि किया करता हूं। उसकी रक्षा करना तो आप ही का काम है।"

तब इन्द्र ने अपने सहस्त्र नयनों से देवगुरु बृहस्पति को बोलने का संकेत किया। उसके हिलते हुए हजार नेत्र ऐसे प्रतीत हो रहे थे, मानो मन्द पवन से कमलों का वन कम्पित हो उठा हो।

बृहस्पति के दो नयन ही इन्द्र के हजार नेत्रों से अधिक देख पाने में समर्थ थे। वस्तुतः बृहस्पति ही इन्द्र के नेत्र थे। इन्द्र का संकेत पाकर वे हाथ जोड़कर ब्रह्मा से कहने लगेः

''आपने जो यह कहा है कि हमारा स्थान किसी ने बलपूर्वक छीन लिया है, वह ठीक ही है। आप घट-घट व्यापी हैं। आपसे कोई बात छिपी कैसे रह सकती है!

''तारक नाम का महाशक्तिशाली असुर आपसे वर पाकर बहुत उद्दंड हो गया है। और वह इस समय तीनों लोकों को कष्ट देने के लिए धूमकेतु के समान उठ खड़ा हुआ है।

''भय के कारण सूर्य उसके नगर में अपनी केवल उतनी ही किरणें भेजता है, जिससे उसके नगर के सरोवरों में लगे हुए कमल खिल भर जाएं।

''चन्द्रमा भी अपनी सारी कलाओं को लेकर उसी की सेवा में लगा रहता है। केवल महादेव के मस्तक पर विद्यमान एक कला को उसने अभी नहीं लिया है।

''कहीं फूल चुराने का अपराध सिर न लग जाए, इस भय से वायु उसके उद्यानों में तो चलता ही नहीं, स्वयं तारकासुर के निकट भी वह कभी पंखे की वायु से अधिक तेज नहीं चलता।

''ऋतुओं ने अपना आगे-पीछे आने का क्रम छोड़ दिया है। अब तो वे सब एकसाथ मिलकर साधारण मालिनों की भांति सदा ही उसके लिए ढेर फूल जुटाने में लगी रहती हैं।

''उसे उपहार देने योग्य रत्न जब तक पानी की तली में पड़े-पड़े बनकर तैयार होते रहते हैं, तब तक समुद्र बहुत ही अधीर हो उनके पूर्ण होने की प्रतीक्षा करता है।

''वासुकि आदि नाग अपने फनों पर देदीप्यमान मणियां उठाए हुए रात के समय उसके यहां स्थिर दीपस्तम्भों की भांति खड़े रहकर उसकी सेवा में लगे रहते हैं।

''उसका अनुग्रह प्राप्त करने के लिए इन्द्र भी बारम्बार कल्प-वृक्ष से आभूषण इत्यादि लेकर उन्हें दूतों द्वारा उसके पास भिजवाता रहता है, जिससे वह तारकासुर अनुकूल ही बना रहे।

''परन्तु प्रसन्न करने का इतना अधिक यत्न करने पर भी वह तीनों लोकों को सता ही रहा है। अपकार के बदले में अपकार करने से ही दुर्जन शान्त हो सकता है, उपकार करने से नहीं।

''नन्दनवन के जिन तरुओं पर से सुर-सुन्दरियां भी बड़ी दया के साथ नवपल्लव तोड़ा करती थीं, उन्हें वह हृदयहीन अब कटवाए डालता है।

''जब वह सोया होता है, उस समय आंसू बहाती हुई देव-कुमारियां उसपर

चंवर डुलाती हैं। इन चंवरों के हिलने से उत्पन्न वायु उनकी आहों के समान होती है।

"मेरु पर्वत के जिन शिखरों को सूर्य के रथ के घोड़े खूंदते हुए जाया करते थे, उन्हें उसने उखाड़कर अपने महलों में रख लिया है और उनसे खिलौने के पहाड़ बना लिए हैं।

"मन्दाकिनी में अब केवल दिग्गजों के मद से मलिन जल ही शेष बचा है। स्वर्णकमलों के वन तो उसने ले जाकर अपनी बावड़ियों में लगा लिए हैं।

"स्वर्ग के निवासी देवता अब संसार के दर्शन का आनन्द भी नहीं प्राप्त कर सकते। क्योंकि उसके आ पहुंचने के भय से आकाश में विमानों के विचरण का मार्ग ही बन्द हो गया है।

"बड़े-बड़े यज्ञों में यजमानों द्वारा दी गई हवि को वह मायावी तारक हम देवताओं के देखते-देखते ही अग्नि के मुख से छीन लेता है।

"उसने अश्वश्रेष्ठ उच्चैःश्रवा को भी बलपूर्वक छीन लिया है। यह उच्चैःश्रवा घोड़ा इन्द्र का दीर्घकाल में उपार्जित किया हुआ मानो सशरीर यश ही था।

"इस कूर तारक के विरुद्ध हमने जो-जो उपाय किए, सभी निष्फल रहे; जैसे भयंकर सन्निपात हो जाने पर प्रभावशाली औषधियां भी व्यर्थ सिद्ध होती हैं।

"विष्णु के जिस चक्र पर हमने विजय की आशा रखी थी, वह भी जब जाकर उसके कंठ में लगा तो उससे चिनगारियां निकलने लगीं और ऐसा प्रतीत होने लगा, जैसे उसने एक नया कंठाभूषण पहन लिया है।

"हे प्रभु, इसलिए अब हम इस तारक के संहार के लिए एक सेनापति उत्पन्न करना चाहते हैं, जैसे मोक्ष के अभिलाषी व्यक्ति जन्म-मरण के कष्ट को समाप्त करने के लिए कर्म का बन्धन काटने वाले धर्म को उत्पन्न करना चाहते हैं।

"देवताओं की सेना के रक्षक उस सेनापति को ही आगे करके देवराज इन्द्र शत्रुओं के यहां से विजय-श्री को वापस लौटा लाएगा, जो इस समय उनके यहां बन्दिनी-सी पड़ी है।"

उनके इतना कहकर चुप हो जाने पर ब्रह्मा बोले। उनकी वाणी मेघ-गर्जन के उपरान्त होनेवाली वृष्टि की अपेक्षा अधिक मधुर थी।

"कुछ समय तक और प्रतीक्षा करो। तुम्हारी यह इच्छा पूर्ण हो जाएगी। परन्तु इस कार्य को पूर्ण करने के लिए मैं कोई नई सृष्टि नहीं करूंगा।

"इस दैत्य को मुझसे ऐश्वर्य प्राप्त हुआ है इसलिए इसका विनाश मेरे हाथों

होना उचित नहीं है। अपने हाथ से बोए विष-वृक्ष को भी तो काटना ठीक नहीं लगता।

''उस समय उसने वर मांगा और वह मैंने उसे दे दिया। उसके तप की आग तीनों लोकों को जला डालने में समर्थ थी। इस वर को पाकर ही शान्त हुई।

''इस युद्धविद्या-विशारद तारकासुर का सम्मुख समर में सामना केवल महादेव जी के वीर्य से उत्पन्न पुत्र ही कर सकता है और कोई नहीं।

''वे परम ज्योतिःस्वरूप महादेव तमोगुण के अंधकार से बहुत दूर हैं। उनकी महिमा की थाह न तो मैं ही लगा पाया हूं और न विष्णु ही।

''अब आप लोग महादेव के संयत चित्त को हिमालय की कन्या उमा के सौन्दर्य द्वारा उसकी ओर आकृष्ट करने का यत्न कीजिए, जिस प्रकार कि चुम्बक से लोहे को आकृष्ट किया जाता है।

''मेरे और शिव के वीर्य को केवल दो ही धारण कर सकती हैं। शिव के वीर्य को उमा और मेरे वीर्य को जल, क्योंकि उसमें शिव का विशेष अंश है।

''उन नीलकंठ शिव का पुत्र तुम्हारा सेनापति बनकर अपने पराक्रम द्वारा बन्दिनी सुरबालाओं की वेणियों का मोचन करेगा।''

देवताओं से इतना कहकर ब्रह्मा अन्तर्धान हो गए। 'अब क्या करना चाहिए?' यह सोचते हुए देवगण भी स्वर्ग की ओर चल दिए।

स्वर्ग में पहुंचकर इन्द्र ने कार्यसिद्धि के लिए अधीर होकर कामदेव का स्मरण किया।

और उसके स्मरण करने के साथ ही कामदेव हाथ जोड़कर इन्द्र के सम्मुख उपस्थित हुआ। सुन्दरी नारी की भौंहों के समान घुमावदार धनुष उसने अपने कंठ में डाला हुआ था, जिस कंठ में उसकी पत्नी रति के कंकणों के चिह्न दिखाई पड़ रहे थे। उसका सहचर वसन्त हाथ में आम्र की नवमंजरियों का बाण लिए हुए उसके साथ आया था।

तृतीय सर्ग

अन्य सब देवताओं को छोड़कर उस कामदेव के ऊपर इन्द्र के सहस्त्र नेत्र एकसाथ जा पड़े। स्वामी लोगों की दृष्टि में अनुचरों का महत्व प्रायः प्रयोजन के अनुसार घटता-बढ़ता रहता है।

इन्द्र ने उसके लिए अपने आसन पर ही स्थान बनाते हुए पास बुलाकर कहा, ''आओ, यहां बैठो!'' कामदेव ने स्वामी के इस अनुग्रह को सिर झुकाकर स्वीकार किया और बोलाः

''हे गुणों के पारखी, आज्ञा कीजिए कि वह कौन-सा काम है, जिसे आप तीनों लोकों में कहीं भी मुझसे कराना चाहते हैं? आपने स्मरण करके मुझपर जो अनुग्रह किया है, अब आज्ञा देकर उसमें वृद्धि कीजिए।

''वह कौन व्यक्ति है जिसने आपके पद को पाने की अभिलाषा से अत्यन्त घोर तप करके आपके मन में ईर्ष्या उत्पन्न कर दी है। वह अभी मेरे इस शर-समेत धनुष से परास्त हुआ जाता है।

''जन्म-मरण के क्लेश से छुटकारा पाने के मुक्ति-मार्ग का कौन पथिक आपकी आंखों का कांटा हो रहा है? भौंहें तिरछी करके सुन्दरियों द्वारा किए गए कटाक्षों के जाल में बंधा वह अब चिरकाल तक यों ही पड़ा रहेगा।

''आप एक बार बता-भर दीजिए, फिर मैं उसके, चाहे उसने शुक्राचार्य से ही नीतिशास्त्र क्यों न पढ़ा हो, अर्थ और धर्म का अत्यासक्ति द्वारा उसी प्रकार नाश कर दूंगा, जैसे बाढ़ की जलराशि नदी के दोनों तटों को तोड़-फोड़ डालती है।

''या फिर यह बताइये कि कौन-सी पतिव्रता सुन्दरी है, जो अपने सौन्दर्य के द्वारा आपके चंचल मन को लुभा बैठी है और जिसके लिए आप चाहते हैं कि समस्त लज्जा त्यागकर अपनी कोमल बांहें आपके गले में डाल दे।

''हे कामिश्रेष्ठ, वह कौन-सी कामिनी है,जिसने आपके किसी अन्य रमणी

के साथ रमण के वृत्तान्त को जानकर इतना कोप किया कि आपके पैरों पड़कर मनाने पर भी अपना मान नहीं त्यागा? मैं उसके मन में ऐसा त्रीव पश्चात्ताप उत्पन्न करूंगा कि उसे नवपल्लवों की सेज पर ही जाकर लेटना पड़े।

"आप निश्चिंत रहिए। आपका वज्र विश्राम ही करता रहे। आप मुझे बता-भर दीजिए कि आप किस दैत्य को बलहीन करना चाहते हैं। फिर देखिए कि मैं अपने बाणों से उसके भुजबल को ऐसा नष्ट कर दूंगा कि वह क्रोध से कम्पित अधरोंवाली स्त्रियों को देखकर डरने लगे।

"आपकी कृपा बनी रहे तो मैं केवल एक वसन्त की सहायता पाकर अपने फूलों के बाणों से ही पिनाकपाणि महादेव का भी धैर्य छुड़ा दूं, फिर अन्य धनुर्धारी तो मेरे सामने हैं ही क्या!"

अब तक इन्द्र चौकड़ी लगाए बैठे थे, अब उन्होंने अपने पैर नीचे पड़ी चौकी पर रख लिए। जो बात उनके मन में थी, उसी को पूरा कर सकने का कामदेव ने दम भरा था। वे कामदेव से कहने लगेः

"मित्र, तुमने जो कुछ कहा, ठीक ही है। मेरे दो ही अस्त्र हैं, एक वज्र और दूसरे तुम। तपोबल से बली लोगों के सम्मुख वज्र कुंठित हो जाता है, परन्तु तुम्हारी गति सर्वत्र है और तुम्हारे लिए सब कुछ साध्य है।

"मैं तुम्हारी सामर्थ्य को जानता हूं। इसीसे अपने बराबर समझकर ही तुम्हें एक भारी काम सौंपने लगा हूं। शेषनाग पृथ्वी को धारण किए रहते हैं, यह देखकर ही भगवान् कृष्ण अपनी देह का भार उठाने में उन्हें नियुक्त करते हैं।

"महादेव पर बाण चला सकने की बात कहकर तुमने हमारा कार्य करना स्वीकार-सा कर लिया है। बस, यह समझ लो कि बलवान् शत्रुओं से सताए गए देवता तुमसे यही कार्य करवाना चाहते हैं।

"ये देवता विजय पाने के लिए शिव के वीर्य से उत्पन्न पुत्र को अपना सेनापति बनाना चाहते हैं। ब्रह्मा के शरीर से उत्पन्न हुए वे शिव इस समय ब्रह्मचर्य-व्रत धारण किए हुए हैं और वे केवल एक तुम्हारे ही बाण से विचलित हो सकते हैं।

"इस समय ऐसा प्रयत्न करो जिससे जितेन्द्रिय महादेव हिमालय की कन्या पार्वती पर मुग्ध हो जाएं। ब्रह्माजी ने बताया है कि स्त्रियों में एक वे ही ऐसी हैं, जो शिव के वीर्य को धारण कर सकती हैं।

"कुछ अप्सराओं को मैंने गुप्तचर के काम में लगाया था। उन्होंने आकर बताया है कि इस समय पर्वतराज की कन्या, अपने पिता की अनुमति से पर्वत

के उर्ध्वभाग में तपस्या करते हुए शिव के पास रहकर ही, उनकी सेवा कर रही हैं।

“तो अब तुम इस कार्य को पूरा करने के लिए जाओ। यह कार्य तो वैसे भी होना ही था, पर इस समय तुम्हें इस कार्य का अन्तिम कारण बनना होगा। जैसे बीज में से अंकुर उगाने के लिए जल को कारण बनना पड़ता है।

“तुम धन्य हो कि देवताओं की विजय करने के उपाय में केवल तुम्हारे बाण ही सफल हो सकते हैं। मनुष्यों का यश ऐसे ही काम करने से होता है जिन्हें और कोई न कर सके; भले ही वे काम बड़े हों या ना हों।

“ये देवता लोग तुमसे इस काम को करने का अनुरोध कर रहे हैं और यह काम भी तीन लोकों के लिए हितकारी है। तुम्हारी शक्ति से किसे ईर्ष्या न होगी, क्योंकि तुम्हारें धनुष से जो बाण चलेंगे, वे विनाशकारी न होंगे।

“और वसन्त, वह तो बिना कहे भी तुम्हारा साथी है ही। वायु ने जाकर कौन कहता है कि तुम चलकर अग्नि को धधकाओ।

‘जो आज्ञा’ कहकर कामदेव ने स्वामी की आज्ञा को प्रसाद के रूप में प्राप्त माला की भांति सिर झुकाकर ग्रहण किया और चल पड़ा। चलते समय ऐरावत को अंकुश मारने से कर्कश हुए हाथ से इन्द्र ने पीठ थपथपाई।

कामदेव अपने प्रिय मित्र वसन्त और अपनी प्रियतमा रति के साथ महादेव के हिम से आवृत आश्रम की ओर चल पड़ा। उसका निश्चय था कि चाहे प्राण भी क्यों न चले जाएं, किन्तु इस कार्य को पूरा करके ही रहूंगा। वसन्त और रति के मन आंशका से दबे जा रहे थे।

संयमी मुनियों के उस तपोवन में तपः समाधि का विरोधी वसन्त अपने उस मादक स्वरूप को विकसित करने लगा, जिस पर कामदेव को अभिमान था।

समय के नियम का उल्लंघन कर सहसा सूर्य भगवान् उत्तरायण को चले और उनके वियोग में दक्षिण दिशा ने मुख से जो गहरा निःश्वास छोड़ा, वही सुगन्धित मलयानिल बनकर बहने लगा।

अशोक का वृक्ष तने से लेकर डालियों तक नवपल्लवों और प्रसूनों से लद गया। उसने सुन्दरियों के बजते हुए नूपुरवाले चरणों के स्पर्श की भी प्रतीक्षा नहीं की।

आम की डालियों से सुन्दर पल्लवों और मंजरियों को सजाकर वसन्त ने कामदेव का मानो छठा बाण तैयार कर दिया और भ्रमर-माला के रूप में उस पर कामदेव के नाम के अक्षर-से लिख दिए।

रंग सुन्दर होने पर भी कर्णिकार की निर्गन्धता से मन दुःखी होता था, विधाता की प्रवृत्ति प्रायः सब गुणों को एकत्र न रखने की ही है।

द्वितीया-शशि के आकारवाले अधखिले पलाश सुमन अत्यन्त लाल हो उठे। लगता था, वसन्त ने वनस्थलियों से अभी सम्भोग किया है और उसी से ये नखों की खरोंचों के चिह्न बन गए हैं।

भ्रमरमाला वसन्त की शोभा की आंखों का अंजन बन गई, तिलक के फूल तिलक बन गए और नए लाल-लाल कोमल आम्रपल्लव अधर राग के रूप में सुशोभित हो गये।

पियाल की मंजरियों से उड़कर पराग आंखों में गिरने लगा; उससे व्याकुल दृष्टि वाले मदोद्धत हरिण वायु के प्रवाह की ओर मुख करके दौड़ने लगे। वनस्थली उनके सूखे पत्तों पर दौड़ने से मर्मर-ध्वनि से भर उठी।

आम की कोंपल खाने के कारण कसैले कंठवाली कोयल जो कुछ मधुर-मधुर कूकने लगी, वही मानो मानिनियों का मान भंग करा देने वाली कामदेव की वाणी बन गई।

हिम हट गया, इससे किन्नरियों के अधर विशद हो उठे। उनकी मुख-छवि गौर हो उठी, और उनके विचित्र मुखों पर पसीना आने लगा।

महादेव के तपोवन में रहनेवाले तपस्वी उस असमय के वसन्तागमन को देखकर भी प्रयत्नपूर्वक विकारों का दमन करके जैसे-तैसे अपने मन को वश में रखे रहे।

जब रति के साथ कामदेव ने पुष्प-धनुष चढ़ाए हुए उस प्रदेश में प्रवेश किया तब सब चराचरों के जोड़े अपने अधिकतम स्नेहयुक्त भाव को क्रियाओं में प्रदर्शित करने लगे।

भ्रमर अपनी प्रियतमा का अनुसरण करता हुआ उसके साथ ही कुसुम-पात्र में मधु-पान करने लगा और स्पर्श-सुख से आंख मींचकर खड़ी हुई हरिणी को हरिण अपने सींग से खुजलाने लगा।

हथिनी स्नेह में भरकर कमल-सुवासित जल अपनी सूंड से हाथी को पिलाने लगी। चक्रवाक कमलनालों को चख-चखकर अपनी प्रियतमा को देकर प्रसन्न करने लगा।

किन्नरगण गाते-गाते बीच में रुककर पसीने से बिगड़ी चित्रकारी वाले किन्नरियों के मुखों को चूमने लगे। किन्नरियों की पुष्पासव से भरी हुई आंखें उनके मुख को और भी सुन्दर बना रहीं थीं।

ढेर के ढेर प्रसूनों के गुच्छे जिनके स्तनों के समान थे और जो नवांकुर-रूपी

अधरों से मनोहर हो उठी थीं, ऐसी लता-वधुओं ने भी अपने विनम्र भुजबन्धन को तरुओं के कंठों में डाल दिया।

ऐसे समय अप्सराओं के गीतों को सुनते हुए भी महादेव समाधि-मग्न हो गए। आत्मविजेताओं की समाधि ऐसे विघ्नों से भंग नहीं हुआ करती।

तब बायें हाथ में स्वर्णजटित बेंत लिए नन्दी लतागृह के द्वार पर आया और उसने मुख पर एक अंगुली रखकर गणों को संकेत किया कि वे चंचलता प्रदर्शित न करें।

उसके आदेश देते ही वृक्षों का हिलना बन्द हो गया। भ्रमर शान्त हो गए। पक्षी चुप हो गए। पशुओं ने चलना-फिरना बन्द कर दिया। क्षण-भर में ही सारा वन चित्रलिखित-सा दिखाई पड़ने लगा।

प्रस्थान के समय सम्मुख शुक्र की दृष्टि बचाकर जैसे यात्री चलता है, वैसे ही नन्दी की आंख बचाकर कामदेव नमेरू की शाखाओं से आवृत हो, महादेव के समाधि-मंडप में प्रविष्ट हुआ।

उसने देवदारु के वृक्षों के समीप बनी वेदी पर शार्दूल चर्म के आसन पर बैठे परम संयमी त्र्यम्बक महादेव को देखा। कामदेव की मृत्यु पास आती जा रही थी।

महादेव पर्यंकबन्ध आसन में शरीर को स्थिर किए बैठे थे। धड़ विशाल और सीधा था। दोनों कन्धे कुछ झुके हुए थे। कर-युगल मिलाकर उन्होंने गोद में रखे हुए थे, जो खिले हुए कमल के समान जान पड़ते थे।

जटा-समूह नागों से बंधा था। कानों पर दुहरी रुद्राक्ष माला झूल रही थी। कंठ की नीली कान्ति पड़ने से उनकी मृगछाला और भी काली दिखाई पड़ रही थी, जिसे उन्होंने कमर में गांठ लगाकर बांधा हुआ था।

उनके नयन आधे खुले हुए थे। उनमें से विचित्र ज्योति फूट रही थी। वे अपलक नेत्र भौंहों के हिलाने पर कुछ हिलते थे। दृष्टि को वे नासाग्र पर स्थिर जमाए बैठे थे।

वे प्राणायाम द्वारा आन्तरिक वायुओं को रोककर स्थिर बैठे हुए ऐसे दिखाई पड़ते थे, मानो कोई ऐसा जलघर हो, जो तुरन्त बरस पड़ने को आतुर नहीं है; या तरंगहीन पारावार हो, या वातहीन स्थान में रखा हुआ कोई निष्कम्प प्रदीप हो।

कपाल और नेत्रों के अन्दर से निकलते हुए जो प्रकाश के अंकुर उनके सिर के ऊपर दिखाई पड़ते थे, कमलनाल से भी अधिक सुकुमार एवं बाल शक्ति की कान्ति को लजानेवाले थे।

देह के नव द्वारों की वृत्ति को रोककर मन को समाधि द्वारा वश में कर, हृदय में स्थापित करके जिस अविनाशी को ब्रह्मज्ञानी लोग देखते हैं, वही महोदव अपने अन्दर स्वयं अपने-आपको देख रहे थे।

इस प्रकार समाधिमग्न और मन से भी अदृश्य महादेव को निकट से देखकर कामदेव को इतना भय लगा कि उसे यह भी पता न चला कि कब उसके हाथ से धनुष छूटकर नीचे गिर पड़ा।

उसी समय उनके नष्टप्राय बल को सौंदर्य से पुनरुज्जीवित-सी करती हुई पर्वतराज की कन्या पार्वती आती दिखाई पड़ी। उसके पीछे-पीछे वनदेवियां चल रही थीं।

पद्मराग मणि से भी सुन्दर, अशोक, कंचन को लजानेवाले कनेर और मोतियों के स्थान पर सिन्दुवार जैसे वसन्तपुष्पों के आभरण उसने धारण किए हुए थे।

स्तनों के भार से अवनत और बाल सूर्य के समान अरुण वसन धारण किए वह ऐसी प्रतीत होती थी, जैसे प्रसूनों के गुच्छों से लदी हुई कोई लता चलती-फिरती है।

नितम्बों के ऊपर उसने मौलश्री के फूलों की करधनी पहनी हुई थी। लगता था, गुणज्ञ कामदेव ने अपने धनुष की दूसरी प्रत्यंचा उपयुक्त स्थान पर धरोहर रखी हुई है।

सुगन्धित निःश्वास के लोभ से अपने बिम्बाधरों पर मंडराते हुए भ्रमर को वह बार-बार संभ्रम के साथ हाथ में लिए हुए पीले कमल से उड़ा रही थी।

उस सर्वांगसुन्दरी पार्वती को, जो सौंदर्य में रति को भी लजा रही थी, देखकर कामदेव को जितेन्द्रिय महादेव पर विजय पाने की कुछ आशा बंधी।

इधर तो पार्वती अपने भावी पति महादेव के तपोवन के द्वार पर पहुंची और महादेव ने अपने अन्दर 'परमात्मा' नामक लोकोत्तर ज्योति का दर्शन करके अपनी गम्भीर समाधि समाप्त की।

धीमे से प्राणायाम को तोड़कर उन्होंने पर्यंकबन्ध आसन छोड़ा, परन्तु वे इतने से ही इतने भारी हो गए कि शेषनाग को भूमि का भार संभालना कठिन हो गया।

नन्दी ने आकर निवेदन किया कि 'शैलसुता पार्वती सेवा के लिए उपस्थित हुई हैं' और भौंह के संकेत मात्र से अनुमति पाकर बाहर जाकर उसे लिवा लाया।

विनयपूर्वक प्रणाम करने के बाद पार्वती की सखियों ने अपने हाथ से चुने हुए वसन्त के फूल और नवपल्लवों के टुकड़े महादेव के चरणों में बिखर दिए।

उमा ने भी सिर झुकाकर महादेव को प्रणाम किया। उसकी काली अलकों में सुशोभित कर्णिकार और कानों पर रखे हुए नवपल्लव वहीं गिर पड़े।

'तुम्हें अनन्य प्रेमी पति प्राप्त हो' यह महादेव ने ठीक ही आशीर्वाद दिया। महात्माओं की वाणी कभी मिथ्या थोड़े ही हो सकती है।

कामदेव बाण चलाने के अवसर की प्रतीक्षा कर रहा था। अब वह आग में कूदने के अभिलाषी पतंग की भांति उमा के सम्मुख बैठे हुए महादेव पर लक्ष्य साधता हुआ बार-बार अपने धनुष की डोरी पर हाथ फेरने लगा।

इसके बाद गौरी ने तपस्वी महादेव को अपने तांबे की तरह रक्तिम कर से सूर्य की किरणों से सुखाई हुई गंगा में उत्पन्न कमलों के बीजों की माला भेंट की।

प्रेमीजन-प्रिय होने के कारण महादेव ने तो उस माला को लेने के लिए हाथ बढ़ाया और उधर कामदेव ने अपने पुष्प-धनुष पर 'सम्मोहन' नाम का बाण चढ़ा लिया, जिसका वार कभी खाली नहीं जाता।

चन्द्रोदय के समय महासमुद्र जिस प्रकार विक्षुब्ध हो उठता है, उसी प्रकार अधीर होकर महादेव उमा के बिम्बाफलों के समान अरुण अधरोंवाले मुख की ओर देखने लगे।

गौरी को भी सहसा रोमांच हो आया जिससे उसका सर्वाङ्ग खिले हुए कदम्ब-पुष्प-सा हो उठा। इससे उसका मनोभाव छिपा न रहा। वह आंखें फेरकर तनिक तिरछी होकर लजाई-सी खड़ी रह गई। इससे उसका मुख और भी सुन्दर हो उठा।

परन्तु इन्द्रियवशी महादेव ने बलपूर्वक इन्द्रियों की चंचलता का दमन करके अपने मनोविकार का कारण जानने के लिए चारों ओर दृष्टि दौड़ाई।

उन्होंने देखा कि कामदेव दायें हाथ से कान तक प्रत्यंचा खींचे, लक्ष्य साधने के लिए कन्धे झुकाए और बायां पैर मोड़कर वीरासन में बैठा हुआ उनपर तीर छोड़ने को तैयार है।

तपोभंग के कारण और भी प्रचण्ड हुए क्रोध से उनकी भौंहें तन गईं। उनके तमतमाते हुए मुख की ओर देखना तक असम्भव हो गया। और उनके तीसरे नेत्र से एकाएक प्रचण्ड लपटें मारती हुई अग्नि निकलने लगी।

'क्रोध न करो, प्रभु! क्रोध न करो,'—अभी देवताओं की यह पुकार आकाश में ही थी कि महादेव के नेत्र से निकली उस अग्नि ने कामदेव को जलाकर राख कर दिया।

विपत्ति की तीव्रता के कारण रति अचेत हो गई, जिससे उसकी सब इन्द्रियां

निश्चेष्ट हो गईं। यह भी रति के लिए भला ही हुआ, क्योंकि इससे उसे कम से कम कुछ देर तक तो पति की मृत्यु का पता ही न चला।

जैसे विशाल वृक्ष को तोड़कर आकाश से गिरनेवाली बिजली तुरन्त विलुप्त हो जाती है, उसी प्रकार तपस्वी महादेव भी तप के विघ्नस्वरूप स्त्री-सामीप्य से बचने के लिए अपने अनुचरगणों समेत अन्तर्धान हो गए।

पार्वती लज्जा से जड़-सी हो गई। उसके उन्नत मस्तक पिता की इच्छा और उसका अपना सौंदर्य, दोनों ही असफल हुए। उसकी लज्जा इसलिए और भी बढ़ गई कि सब उसकी सखियों की उपस्थिति में हुआ। जैसे-तैसे अपने आपको संभालकर यह सूने मन से घर की ओर चल पड़ी।

हिमालय तुरन्त वहां पहुंचा और उसने पार्वती को चट से अपनी बांहों में उठा लिया। महादेव के क्रोध के डर से पार्वती की आंखें मुंदी हुई थीं। उसे देखकर हिमालय का मन अपनी पुत्री के प्रति दया से भर उठा और उसे लेकर वह तेजी से भाग खड़ा हुआ। ऐसा प्रतीत हो रहा था मानो ऐरावत अपने दांतों पर उलझी हुई किसी कमल बेल को लिए जा रहा हो।

चतुर्थ सर्ग

इसके पश्चात् नियति ने मूर्च्छित हुई काम की पत्नी रति को नव वैधव्य की असह्य वेदना सहने के लिए सचेत कर दिया।

मूर्च्छा की समाप्ति पर उसने अपनी आंखों को खोलकर खूब ध्यान से देखा, परन्तु अपनी उन अतृप्त आंखों से उसे उन आंखों का प्यारा वह कामदेव दिखाई नहीं पड़ा, जो सदा के लिए लुप्त हो गया था।

'प्राणनाथ, तुम अभी तक जीवित हो' यह कहकर वह ज्यों ही उटकर सामने देखने लगी, उसे केवल महादेव के कोपानल में जले हुए कामदेव की पुरुष आकार में पड़ी हुई भस्म दिखाई पड़ी।

वह विह्वल होकर भूमि पर लोटने लगी। जिससे उसके स्तन धूलि से धूसरित हो उठे। वह बाल बिखेरकर विलाप करने लगी। और उसके विलाप से वनस्थली भी उसके दुःख में दुःखित-सी हो उठीः

''अपने अनुपम सौंदर्य के कारण तुम्हारा जो शरीर विलासी लोगों का उपमान बना हुआ था, हाय, आज उसकी यह दशा हो गई है और फिर भी मेरा हृदय फट नहीं गया! सचमुच ही हम स्त्रियां बहुत कठोर होती हैं।

''जैसे बांध टूटने पर जल का प्रवाह कमलिनी को छोड़कर भाग खड़ा होता है, उसी तरह अपने आसरे जीनेवाली मुझको छोड़कर, मुझसे पल-भर में नाता तोड़कर, तुम कहां चले गए!

''तुमने मुझे रुष्ट करनेवाला कोई काम नहीं किया और न मैंने ही ऐसा कोई काम किया है। जिससे तुम रुष्ट हुए हो। फिर बिलखती हुई रति को तुम अकारण ही अपने दर्शन से वंचित क्यों कर रहे हो?

''एक बार तुमने भूल से मेरे सामने अपनी किसी अन्य प्रिया का नाम ले लिया था, जिसपर मैंने तुम्हें अपनी मेखला से बांध दिया था, और अपने कान

में पहने हुए कमल से पीटा था। तब कमल का पराग आंखों में पड़ जाने से तुम्हारी आंखें दुखने लगी थीं। कहीं उसी बात को याद करके तो इस समय नहीं रूठे हुए हो?

''तुम कहा करते थे कि तुम मेरे हृदय में निवास करती हो। मैं अब समझती हूं कि वह तुम्हारा छल था। यदि वह छल न होता तो यह कैसे सम्भव था कि तुम्हारे भस्मशेष हो जाने पर भी मैं अक्षत रह जाती?

''तुम अभी-अभी परलोक गए हो। और मैं भी अभी-अभी उसी मार्ग पर आनेवाली हूं, जिससे तुम गए हो। विधाता ने संसार को धोखा दे दिया, क्योंकि सारे प्रणियों का सुख तो तुम्हारें ही साथ था।

''रजनी के तिमिर से ढके हुए नगर के मार्गों पर चलती हुई, मेघ-गर्जन को सुनकर घबराई कामिनियों को उनके प्रियों के घरों तक तुम्हारे सिवाय और कौन पहुंचा पाएगा?

''तुम्हारे अभाव में तरुणियों का वह आसव-पान, जिससे उनकी लाल-लाल आंखें घूमने-सी लगती हैं और एक-एक शब्द पर उनकी वाणी लड़खड़ाने लगती है, अब केवल विडम्बना मात्र बनकर रह जाएगा।

''तुम्हारा प्रिय चन्द्रमा तुम्हारे देहावसान को जान अपने उदय को निष्फल समझकर कृष्णपक्ष बीत जाने पर भी बहुत कठिनाई से ही अपनी कृशता को त्याग पाएगा।

''तुम्हीं कहो, वह सुन्दर हरे और अरुण डंठलवाला आम का नया बौर अब किसका बाण बना करेगा, जिसके निकलने की सूचना कोयल अपनी मधुर कूक द्वारा दिया करती है?

''यह काले भौंरों की पंक्ति, जिसे तुमने पहले बहुत बार अपने धनुष की डोरी के स्थान पर प्रयुक्त किया था, इस समय अपने करुणाजनक स्वर में मुझ अभागिनी के साथ रो-सी रही है।

''अब तुम फिर उठकर अपना वही मनोहर शरीर धारण कर लो और मधुर कूजन में स्वभाव से ही कुशल कोकिला को आदेश दो कि यह प्रेमियों के मध्य रतिदूती का कार्य करे।

''जब मैं याद करती हूं कि तुम किस प्रकार मेरे पैरों पर सिर रखकर प्रेम की याचना किया करते थे और किस प्रकार कांपते हुए मुझे गले से लगाकर एकान्त में मुझसे रमण किया करते थे, तो मुझे किसी प्रकार शन्ति नहीं होती है।

''हे रतिपंडित, तुमने अपने हाथों से इन वसन्त-पुष्पों से मेरा शृंगार किया

था। मैं तो अब भी उन पुष्पाभरणों को धारण किए हुए हूं, परन्तु तुम्हारा वह सुन्दर शरीर दिखाई नहीं पड़ रहा।

''तुम अभी मेरे दाहिने पैर में ही महावर लगा पाए थे कि निष्ठुर देवताओं ने तुम्हें अपने काम के लिए बुला लिया। अब मेरे बायें पैर में महावर लगाकर इस अधूरे काम को पूरा तो कर दो।

''स्वर्ग की अप्सराएं तुम्हें मुग्ध कर पाएं, इससे पहले ही मैं पंतगे की भांति अग्नि में जलकर तुम्हारे पास आकर तुम्हारी गोदी में अपना आसन जमाऊंगी।

''हे प्रिय! यद्यपि मैं तुम्हारे पास ही आनेवाली हूं, फिर भी यह अपवाद तो बन ही गया कि रति कामदेव के बिना कुछ क्षण तो जीवित रह ही गई थी।

''तुम परलोक चले गए हो। इस समय तुम्हारा अंतिम शृंगार भी किस प्रकार करूं, क्योंकि तुम्हारे तो शरीर और प्राण दोनों की एक साथ ही यह विचित्र दशा हो गई है!

''तुम जो धनुष अपनी गोदी में रखकर बाण को सीधा करते हुए वसन्त से वार्तालाप किया करते थे और उस समय बीच-बीच में तिरछी चितवन से मुझे देखा करते थे, वह मुझे किसी भी तरह भूलता नहीं है।

''तुम्हारे लिए फूलों का धनुष बनानेवाला तुम्हारा मित्र वसन्त कहां गया? कहीं उसे भी महादेव ने अपने क्रोध की आग में जलाकर नष्ट तो नहीं कर दिया?''

उसके विलाप के ये शब्द वसन्त के हृदय में विष-बुझे तीर की भांति जाकर गड़ गए और उससे आहत-सा होकर वह रति को सान्त्वना देने के लिए उसके पास पहुंचा।

उसे देख-देखकर रति और भी फूट-फूटकर रोने लगी और अपनी छाती पीटने लगी। इष्ट बन्धुओं को सामने देखकर दुःख का द्वार खुल-सा जाता है।

उसे देखकर व्याकुल रति कहने लगीः ''वसन्त, देखो तो तुम्हारे मित्र की यह क्या दशा हुई है? कबूतर के समान रंगवाली कामदेव की इस भस्म को वायु कण-कण करके इधर-उधर बिखेर रहा है।

''हे कामदेव, अब तो दर्शन दो, क्योंकि यह वसन्त तुम्हारे दर्शन के लिए उत्सुक खड़ा है। पुरुषों का प्रेम स्त्रियों से भले ही सुदृढ़ न हो, किन्तु अपने मित्रों के साथ तो अचल ही होता है।

''तुम्हारे इसी मित्र ने तो सुरासुरों समेत इस समस्त संसार को तुम्हारे कमलतन्तु की डोरीवाले धनुष का आज्ञाकारी बनाया था।

''वसन्त, तुम्हारा वह मित्र कामदेव वायु से बुझे हुए दीप की भांति वापस

नहीं आ रहा। मैं उस दीप की बत्ती के समान हूं जो अब इस असह्य विपत्ति के कारण धुआं दे रही है।

''नियति ने काम का वध करते समय मुझे छोड़कर वध का केवल अधूरा कार्य किया है। क्योंकि आश्रय देनेवाले वृक्ष को जब हाथी तोड़ता है तो उसके सहारे लिपटी लता भी गिर जाती है।

''हे वसन्त, अब बन्धुत्व के नाते इतना कार्य अवश्य कर दो कि मेरे लिए चिता तैयार करके मुझे उनके पास तक पहुंचा दो।

''चांदनी चन्द्रमा के साथ ही चली जाती है और बिजली मेघ के साथ ही विलीन हो जाती है। इस बात को तो अचेतन पदार्थ भी समझते हैं कि स्त्रियों को पति के साथ ही जाना होता है।

''अपने प्रिय की इसी उत्तम भस्म से अपने स्तनों का लेप बनाकर मैं नवपल्लवों के बिस्तर के समान धधकती हुई चिता पर आरोहण करूंगी।

''हे सौम्य, तुमने पहले बहुत बार हम दोनों के लिए फूलों की सेज बनाने में सहायता की है। आज मैं पैरों पड़कर तुमसे यह अनुरोध कर रही हूं, तुम मेरे लिए शीघ्र ही चिता तैयार कर दो।

''जब चिता की आग जल उठे तब तुम उसे दक्षिण वायु चलाकर और भी धधका देना। क्योंकि तुम्हें तो मालूम ही है कि कामदेव मेरे बिना एक क्षण भी नहीं रह सकता।

''इतना सब करने के बाद हम दोनों को एक ही जलांजलि देना। तुम्हारा वह मित्र कामदेव इस जल को, परलोक में, बिना बांटे, मेरे साथ ही पिएगा।

''और श्राद्ध के समय, हे वसन्त, कामदेव के लिए, हिलते हुए नवपल्लवोंवाली आम्र की मंजरियां अवश्य देना क्योंकि तुम्हारे मित्र को आम्र की मंजरियां बहुत प्रिय थीं।''

इस प्रकार जब रति अपना शरीर त्यागने के लिए तैयार हो रही थी, तभी आकाशवाणी हुई, जिससे रति को उसी प्रकार शान्ति मिली, जिस प्रकार सरोवर सूख जाने से बैचेन हुई मछली को पहले-पहल हुई वर्षा से शान्ति मिलती हैः ''हे कामदेव की पत्नी तुझे तेरा पति शीघ्र ही प्राप्त हो जाएगा। वह कामदेव महादेव के नेत्र की आग में जलकर किस लिए भस्म हुआ है उसका कारण सुनः

''एक बार जब प्रजापति ब्रह्मा के मन में अपनी पुत्री के प्रति कामभाव जाग उठा था, उस समय ब्रह्मा ने अपने मनोविकार का दमन करके कामदेव को शाप दिया था। उसी का यह फल है।

" जब धर्म ने ब्रह्मा से अनुरोध किया कि वह कामदेव को दिए गए अपने शाप को लौटा लें तो उन्होंने इस शाप की अवधि बताते हुए कहा कि जब पार्वती से प्रसन्न होकर महादेव उससे विवाह कर लेंगे तब वह आनन्द प्राप्त करके कानदेव को शरीरदान देंगे। ठीक है कि जैसे अमृत और वज्र दोनों ही बादलों में रहते हैं, उसी प्रकार संयमी महापुरुषों के हृदय में क्रोध और दया दोनों का निवास होता है।

"इसलिए हे सुन्दरी, अपने इस शरीर को नष्ट मत कर। इसी शरीर से तेरे प्रिय का फिर मिलन होगा। ग्रीष्मऋतु में नदी चाहे सूख जाए, पर वर्षाऋतु में वह फिर जल से भर भी तो जाती है।"

इस प्रकार न जाने किस अदृश्य तत्व ने आकर रति के नरने के संकल्प को शिथिल कर दिया और उसका सहारा पाकर कामदेव के मित्र वसन्त ने रति को समझा-बुझाकर सान्त्वना दी।

इस विपत्ति के कारण कृश हुई रति शाप की अवधि पूर्ण होने की उसी प्रकार प्रतीक्षा करने लगी, जैसे दिन में निकले हुए चन्द्रमा की धुंधली निस्तेज कला संध्याकाल की प्रतीक्षा किया करती है।

पंचम सर्ग

पिनाकधारी शिव ने जब पार्वती के देखते-देखते कामदेव को जलाकर भस्म कर दिया तो उसके मनोरथ चूर-चूर हो गए। वह मन ही मन अपने रूप को धिक्कारने लगी। सौन्दर्य की सफलता तो तभी है, जब वह प्रिय को मुग्ध कर सके।

उसकी इच्छा हुई कि वह समाधि लगाकर अपनी तपस्या द्वारा अपने रूप को सफल बनाए। ऐसा पति और ऐसा प्रेम अन्य किसी प्रकार प्राप्त भी कैसे हो सकता है!

शिव के प्रति अनुरक्त हुई अपनी पुत्री को तप करने के लिए उद्यत देखकर मेना ने उसे छाती से लगा लिया और कठोर तपस्या से रोकने के लिए उमा से कहने लगीः

''बेटी, तुम्हारे तो घर में ही मन की कामना पूर्ण करनेवाली देवियां विद्यमान हैं। कहां तो कठोर तपस्या और कहां तुम्हारा यह शरीर! शिरीष का फूल भ्रमर के सुकुमार चरण को तो जैसे-तैसे सह भी ले, किन्तु पक्षी के चरण का आघात नहीं सह सकता।''

परन्तु पार्वती का संकल्प दृढ़ था। समझा-बुझाकर भी मेना उसे तपस्या करने के प्रयत्न से रोक नहीं सकी। अभीष्ट वस्तु की प्राप्ति के लिए दृढ़ संकल्पवाले मन और नीचे की ओर बहते हुए जलप्रवाह को कौन फेर सकता है?

उसका यह मनोरथ उसके पिता हिमालय को ज्ञात हो चुका था। तभी एक बार मनस्विनी पार्वती ने अपनी सखी द्वारा अपने पिता से यह प्रार्थना की कि वे उसे वन में जाकर अभीष्ट सिद्धि के लिए तप करने की अनुमति प्रदान करें।

पार्वती के तीव्र अनुराग को देखकर हिमालय का मन प्रसन्न हो गया। उस महिमाशाली पिता ने पार्वती को तप के लिए वन में जाने की अनुमति दे दी। और पार्वती हिमालय शिखर पर चली गई। इस शिखर पर अनगिनत मोर निवास

करते थे। बाद में जाकर इस शिखर का नाम ही 'गौरीशिखर' पड़ गया, क्योंकि यहीं गौरी ने तप किया था।

अडिग निश्चयवाली पार्वती ने अपना वह हार उतारकर एक ओर रख दिया, जिसकी मोती की चंचल लड़ियों की बार-बार रगड़ खाने से उसके स्तन-युगल पर हुआ चन्दन लेप पुंछ गया था और उसने बाल सूर्य के समान अरुण रंगवाला वल्कल वस्त्र धारण कर लिया। उसके स्तन-युगल के उभार के कारण वल्कल के जोड़ फटने से लगे।

उसका सुन्दर मुख जटाओं के साथ भी वैसा ही प्यारा लगता था जैसे पहले उसकी संभाली हुई अलकों से लगा करता था। कमल केवल भ्रमर पंक्तियों के साथ ही सुन्दर नहीं लगता बल्कि काई से सना होने पर भी रम्य दिखाई पड़ता है।

उसने नियम-पालन के लिए तिहरी मूंज की रस्सी की करधनी कटि में धारण की, जिसके चुभने से प्रतिक्षण रोंगटे खड़े होते रहते थे। जब उसने पहले-पहल उसे कमर में बांधा तो वह सारा स्थान लाल हो उठा, जहां करधनी बांधी गई थी।

जिन हाथों से वह अपने होंठ रंगा करती थी और स्तनों पर लगे अंगराग से रंगी हुई गेंद से खेला करती थी, उन्हीं हाथों को अब उन कामों से हटाकर उसने कुशा उखाड़ने में लगा दिया, जिससे उनकी अंगुलियां लहूलुहान हो गईं। उन्हीं हाथों से अब वह रुद्राक्ष की माला भी फेरने लगी।

बहुमूल्य सेज पर सोते हुए करवट बदलते समय अपने ही बालों में से गिरे हुए फूलों के चुभने से भी जिसे कष्ट होता था, वही पार्वती अब भूमि पर बिना कुछ बिछाए अपनी बांह का तकिया बनाकर बैठी-बैठी ही सोने लगी।

उस व्रतधारिणी पार्वती ने अपनी विलास-चेष्टाएं कोमल लताओं के पास, और चंचल चितवन हरिणियों के पास धरोहर-सी रख दी थीं जहां से समय आने पर उन्हें फिर वापस लिया जा सके।

निरालस्य रहकर वह स्वयं ही पौधों को स्तनों जैसे घड़ों से पानी दे-देकर बड़ा करने लगी। इन पहले जन्म ले चुके पौधों के प्रति पार्वती के पुत्र-वात्सल्य को बाद में जन्म लेकर कुमार स्कन्द भी दूर नहीं कर सकेगा।

वह हरिणों को मुट्ठी भर-भरकर जंगली धान खिलाया करती, इससे हरिण उससे इतने हिल गए थे कि कभी-कभी वह उत्सुकतावश सामने बिठाकर हरिणों की आंखें से अपनी सखियों की आंखें नापा करती थी।

वह उमा स्नान करके, हवन कर चुकने के पश्चात् वल्कल वस्त्र की ओढ़नी पहनकर अध्ययन करने बैठ जाती थी। उसके दर्शन करने के लिए ऋषि लोग

आने जाने लगे। तपस्वियों का गौरव आयु से नहीं, तप से नापा जाता है।

उसके तपोवन में एक-दूसरे के शत्रु पशुओं ने भी आपस का वैर-भाव त्याग दिया था। वहां के वृक्ष अतिथियों के आगमन पर उनकी इच्छा के अनुसार फल देकर अतिथि सत्कार करते थे। एक नई बनी हुई कुटिया के अन्दर यज्ञकुण्ड में अग्नि प्रज्वलित रहती थी। इस प्रकार वह आश्रम मन को पवित्र कर देता था।

जब पार्वती को लगा कि इतनी प्रारम्भिक तपस्या से अभीष्ट फल मिलता दिखाई नहीं पड़ता, तो उसने अपने शरीर की सुकुमारता की परवाह छोड़कर प्रचण्ड तप करना शुरू कर दिया।

जो पार्वती गेंद खेलते-खेलते भी थक जाती थी, वही अब बड़े-बड़े तपस्वियों के समान तप करने लगी। उसका शरीर अवश्य ही स्वर्णकमल से बना हुआ था, जो प्रकृति से सुकुमार होते हुए सारवान् भी था।

गर्मियों के दिनों में वह चारों ओर आग जलाकर बीच में खड़ी रहती थी। उसकी कमर बहुत पतली थी और होंठों पर मधुर मुस्कान खेलती रहती थी। वह आंखों को चुंधिया देनेवाले सूर्य के प्रकाश पर विजय पाकर एकटक सूर्य की ही ओर देखती रहने लगी।

इस प्रकार किरणों से तप-तपकर उसके मुख की कांति कमल के समान अरुभाण हो उठी। केवल उसकी आंखों के किनारे धीरे-धीरे सांवले पड़ने लगे।

बिना मांगे प्राप्त हो जानेवाला वर्षाजल और चन्द्रमा की रसभरी किरणें, केवल ये दो वस्तुएं उसका उपवास के उपरान्त का भोजन थीं। जिन साधनों द्वारा वृक्ष अपना जीवन बिताते हैं, उनके अतिरिक्त पार्वती ने भी कोई साधन अपने लिए नहीं रखा था।

आकाश से पड़नेवाली धूप और चारों ओर जलती हुई अग्नि के कारण पार्वती का शरीर अत्यन्त तप्त हो उठा और जब नये मेघों ने आकर जल बरसाना प्रारम्भ किया तो ग्रीष्म ऋतु से तपी हुई भूमि के साथ-साथ पार्वती के शरीर से भी भाप निकलकर ऊपर की ओर आकाश में उठने लगी।

वर्षा की प्रथम बूंदें जब उसके ऊपर पड़ीं तो क्षण-भर तो वे उसकी पलकों पर ठहरी रहीं, उसके बाद वे लुढ़ककर उसके होंठों पर आ पड़ीं। होंठों से गिरने पर वे बूंदें कठोर स्तनों पर गिरकर खंड-खंड हो गईं और फिर उसके पेट पर बनी हुई सिकुड़नों में से होती हुई बहुत देर पश्चात् उसकी नाभि तक पहुंच पाई।

उन रात्रियों में जब रह-रहकर तेज हवा चलती और जोरदार वर्षा होने लगती थी, पार्वती बाहर खुले ही एक शिला पर लेटी रहती थी। उस समय रह-रहकर

बिजली चमका करती थी, जिससे ऐसा प्रतीत होता था मानो काली रात आंखें खोल-खोलकर पार्वती के तप को देख रही हो और उसकी साक्षी हो।

जब पौष मास में रात्रि के समय तीव्र वायु बर्फ को उड़ाता हुआ चला करता था, उस समय पार्वती सारी रात जल में बैठे-बैठे बिता देती थी। सामने दूर कहीं पर चकवा-चकवी का जोड़ा एक-दूसरे के विरह में क्रन्दन करता रहता था, जिसे सुनकर पार्वती के हृदय में उसके प्रति बड़ी कृपा और सहानुभूति का भाव जाग उठता था।

पार्वती सरोवर के जल में खड़ी रहती थी। उसके मुख से कमल की सुगन्ध उठा करती थी। उसके कांपते हुए होंठ कमल की पंखुरियों के जैसे प्रतीत होते थे और रात के समय उसके मुख के कारण ऐसा प्रतीत होता था मानो हिमपात के कारण कमलों के जल जाने पर भी सरोवर में अभी तक कमल बने हुए हैं।

पेड़ों पर से स्वयं गिरे पत्तों को खाकर जीवन निर्वाह करना तप की सीमा समझी जाती है। परन्तु पार्वती ने स्वयं गिरे पेड़ों के पत्तों को खाना भी छोड़ दिया। इसीलिए बाद में मधुरभाषिणी पार्वती का नाम 'अपर्णा' पड़ गया।

इसी प्रकार अनेक व्रतों द्वारा कमलिनी के समान कोमल शरीर दिन-रात सुखा-सुखाकर पार्वती ने कठोर शरीरवाले तपस्वियों के तप को भी नीचा दिखा दिया।

इसके बाद एक दिन उसके तपोवन में एक जटाधारी तरुण तपस्वी आया। उसने मृगछाला पहनी हुई थी। उसके हाथ में दंड था। उसका शरीर ब्रह्मचर्य शरीर के तेज से दमक रहा था। उसकी बातें अत्यन्त निःसंकोच थीं। ऐसा प्रतीत होता था मानो ब्रह्मचर्य-आश्रम स्वयं ही शरीर धारण करके आ पहुंचा है।

अतिथि-सत्कार में कुशल पार्वती ने बड़े आदर के साथ आगे बढ़कर उसका स्वागत किया। मनस्वी लोग अपने समान आयु और प्रभाववाले लोगों के साथ भी, उनकी विशेषताओं को ध्यान में रखते हुए, आदर का ही व्यवहार करते हैं।

वह युवा तपस्वी पार्वती द्वारा किए गए उचित सत्कार को ग्रहण करके और कुछ देर विश्राम करने के पश्चात् सरल दृष्टि से पार्वती की ओर देखता हुआ बिना किसी प्रकार की भूमिका बांधे कहने लगाः

"कहिए, आपको यहां यज्ञ-क्रियाओं के लिए समिधाएं और कुशाएं तो सरलता से प्राप्त हो जाती हैं? यहां का जल स्नान आदि कार्यों के लिए उपयुक्त तो है न? आप अपनी शक्ति के अनुसार ही तप करती हैं, कहीं उससे अधिक तो नहीं करतीं? क्योंकि ध्यान रखिए की शरीर ही धर्म का सबसे बड़ा साधन है।

''और आप जिन बेलों को पानी दे-देकर सींचती रही हैं उनमें आपके इन अधरों से होड़ करनेवाली नई कोंपलें तो फूट आई हैं न? आपके यह होंठ चिरकाल से न रंगे जाने पर भी अरुण ही दिखाई पड़ रहे हैं।

''और वे जो हरिण आपके हाथ में रखी हुई घास को भी प्रेम-पूर्वक छीन-छीनकर खा लेते हैं, इनके बीच में रहते हुए आपका मन तो प्रसन्न रहता है न? क्योंकि हे कमलनयने! तुम्हारे चंचल नयन इन हरिणों के नयनों से बहुत अधिक मिलते-जुलते हैं।

''और हे पार्वती, यह जो कहा जाता है कि सुन्दर रूप पाप-कर्म की ओर प्रवृत्त नहीं होता, वह ठीक ही है; क्योंकि सुन्दरी, तुम्हारा सदाचरण बड़े-बड़े तपस्वियों के लिए भी आदर्श बन गया है।

''यह हिमालय न तो सप्तर्षियों द्वारा बिखेरे गए पूजा के पुष्पों से और न स्वर्ग से उतरे हुए गंगाजल से ही उतना पवित्र हुआ है, जितना यह अपने वंश समेत तुम्हारे निष्कलंक आचरणों द्वारा पवित्र हुआ।

''हे सुन्दरी! धर्म-अर्थ और काम, इस त्रिवर्ग में से अब मुझे धर्म ही सबसे अधिक महत्वपूर्ण लगने लगा है। क्योंकि तुम सरीखी तपस्विनी अर्थ और काम की ओर से अपने मन को मोड़कर एकमात्र धर्म की ही सेवा में लगी हुई है।

''तुमने मेरा बड़ा सत्कार किया है। अब तुम मुझे अपने से पराया न समझो, क्योंकि हे नतांगी, यह कहा जाता है कि विद्वानों की मित्रता केवल सात शब्दों के आदान-प्रदान से ही हो जाती है।

''इसलिए मैं ब्राह्मण-जाति की सुलभ चपलता के कारण आपसे कुछ पूछना चाहता हूं। हे तपस्विनी, आप अत्यन्त क्षमाशील हैं और यदि कुछ रहस्य न हो तो आप मेरी बात का उत्तर अवश्य दें।

''आपका जन्म सर्वप्रथम ब्रह्मा के कुल में हुआ है। आपका शरीर त्रिलोकी के सौन्दर्य से निर्मित प्रतीत होता है। मनचाहे ऐश्वर्य का आनन्द आपको प्राप्त है।

आपका यह नया उठता हुआ यौवन अनुपम है। अब यह तो बताइए कि आप इससे अधिक और किस फल की कामना से तप कर रही हैं?

''कभी-कभी मनस्विनी ललनाएं किसी भयंकर अनभीष्ट घटना को रोकने के लिए भी इस प्रकार की तपस्या की ओर प्रवृत्त हो जाती हैं। परन्तु मैं जब इस दिशा में विचार करता हूं तो मुझे ऐसा भी कोई कारण सूझ नहीं पड़ता।

''हे सुन्दर भौंहोंवाली पार्वती तुम्हारा रूप ही ऐसा है कि न तो कोई तुम्हें दुःख ही दे सकता है और न तुम्हारा अपमान ही कर सकता है। फिर पिता के

घर में रहते हुए तो तुम्हारा तिरस्कार कर ही कौन सकता है? न तुमसे कोई अनुचित रूप से छेड़-छाड़ ही कर सकता है, क्योंकि इतना साहस किसमें है जो विषधर सांप की मणि को लेने के लिए हाथ बढ़ाए।

"फिर तुमने इस नये यौवन में ही आभूषणों को त्यागकर यह वल्कल वस्त्र क्यों पहन लिया है, जो वृद्धों को ही शोभा देता है? भला कहीं चन्द्रमा और तारों से भरी हुई रात्रि प्रारम्भ में ही सूर्य के सारथि अरुण की ओर जाया करती है?

"यदि तुम्हें स्वर्ग जाने की इच्छा है, तो यह तपस्या का श्रम तुम व्यर्थ ही कर कर रही हो, क्योंकि तुम्हारे पिता का देश ही देवताओं का निवासस्थान स्वर्ग है और यदि तुम यह तपस्या पति पाने की कामना से कर रही हो तो भी यह व्यर्थ है, क्योंकि रत्न किसी ग्राहक को नहीं ढूंढ़ता फिरता, बल्कि रत्न को स्वयं ही ढूंढ़ा जाता है।

"तुमने जो यह लम्बी गहरी सांस छोड़ी है, उसने तुम्हारे मन की बात प्रकट कर दी है। परन्तु मेरे मन में एक सन्देह यह उत्पन्न हो रहा है कि मुझे तो ऐसा कोई व्यक्ति दिखाई नहीं पड़ता जो कामना करने योग्य हो। और फिर तुम्हारे चाहने पर वह तुम्हें प्राप्त न हो, ऐसा कैसे हो सकता है!

"तुम्हारा प्रियतम युवक कोई बहुत ही पाषाणहृदय है, जो यह देखकर भी कि तुम्हारे कानों में बहुत दिनों से कमल नहीं सजे हैं और तुम्हारे कपोलों के निकट धान की बालों के समान भूरे रंगवाली ढीली-ढाली जटाएं लटक रही हैं, तुम्हारी उपेक्षा किए जा रहा है।

"तुम्हारा शरीर तपस्या करते-करते अत्यन्त कृश हो गया है। जिस देह पर आभूषण धारण किए जाने उचित थे वह सूर्य की किरणों से झुलस गई है, तुम्हारी दशा वैसी ही हो गई है, जैसी दिन के समय शशिकला की होती है। इस दशा को देखकर किस सहृदय व्यक्ति का मन दुःखी न हो उठेगा।

"तुम्हारा प्रिय व्यक्ति कोई व्यर्थ ही अपने सौन्दर्य के मिथ्या घमंड में भूला हुआ प्रतीत होता है। अन्यथा अब तक तो उसे आकर अपने मुख को तुम्हारी इन तिरछी पलकोंवाले और प्रिय दृष्टिवाले नयनों का लक्ष्य बनाना चाहिए था।

"हे पार्वती, तुम और कब तक इस प्रकार तपस्या का कष्ट सहती रहोगी? मेरा भी बहुत सारा संचित किया हुआ तप विद्यमान है। उसका आधा भाग तुम ले लो और उसके द्वारा अपने अभीष्ट वर को प्राप्त करो। परन्तु मैं यह अवश्य जानना चाहता हूं कि आखिर वह है कौन?"

जब ब्राह्मण ने पार्वती से ये बातें पूछी, जो पार्वती के मन में थी, तो वह अपने मनोरथ को स्वयं किसी प्रकार न कह सकी। इसलिए उसने अपनी अंजनरहित आंखों को घुमाकर पास बैठी हुई सखी की ओर देखा।

पार्वती की सखी उस ब्रह्मचारी से कहने लगी, ''भद्र, यदि आपको कुतूहल है तो मैं आपको बताती हूं कि क्यों इन्होंने अपने इस सुकोमल शरीर को इस तपस्या में लगा दिया है। यह ऐसा ही है, जैसे कोई तेज धूप से बचने के लिए कमल की पंखुरियों की छतरी लगा ले।

''ये मानिनी महेन्द्र इत्यादि अत्यन्त समृद्धिशाली चारों दिक्पालों को छोड़कर महादेव को पति रूप में प्राप्त करना चाहती हैं, जिन्हें अब कामदेव को नष्ट हो जाने के कारण अपने सौन्दर्य द्वारा मुग्ध नहीं किया जा सकता।

''कामदेव ने शिव के ऊपर जो बाण चलाया था वह शिव की भंयकर हुंकार को सुनकर ही वापस लौट पड़ा और शिव तक पहुंचा ही नहीं। परन्तु कामदेव के जल मरने के बाद भी उसके उस बाण ने हमारी सखी के हृदय में बहुत बड़ा घाव कर दिया।

''उसके बाद से ही ये पार्वती प्रेम में इतनी व्याकुल हो गई कि माथे पर चन्दन-तिलक लगाते-लगाते इनके बाल मटमैले हो जाते, और ये बर्फ की शिलाओं पर पड़ी रहतीं, फिर भी इन्हें किसी प्रकार चैन नहीं पड़ता था।

''जब कभी ये अपने वाष्प-गद्गद कंठ से महादेव के गुणों के गीत गाने लगतीं, तो वे ऐसे हृदयद्रावक होते थे कि अनेक बार इनकी वन-संगीत की सखियां किन्नर राजकुमारियां भी रोने लगती थीं।

''कई बार एक पहर रात शेष रहे ही ये एकाएक आंखें मींचे-मींचे ही जाग उठतीं और 'हे नीलकंठ, कहां जाते हो?' कहकर किसी अदृश्य व्यक्ति को सम्बोधन करती हुई उसके मिथ्या कंठ में अपनी बाहें डालने का प्रयत्न करने लगती थीं।

''कई बार एकान्त में बैठकर ये महादेव का चित्र बनातीं और फिर बड़े भोलेपन से उसे उलाहना दिया करतीं कि 'विद्वान् लोग तो तुम्हें सर्वान्तर्यामी बताते हैं, फिर तुम्हें मेरे मन का भाव पता क्यों नहीं चलता?'

''और जब अनेक प्रकार से सोच-विचार करने पर भी उन विश्व के स्वामी महादेव को प्राप्त करने का कोई उपाय इन्हें सूझ न पड़ा तो, ये अपने पिता से अनुमति लेकर हमारे साथ तप करने के लिए इस तपोवन में आ गईं।

''इन्होंने इस तपोवन में जिन वृक्षों को स्वयं आकर लगाया था, वे इनके तप के साक्षी बनकर बढ़ते-बढ़ते फूलने और फलने लग गए हैं, परन्तु अभी तक

महादेव को प्राप्त करने की इनकी कामना के अंकुर भी फूटे दिखाई नहीं पड़ते।

''तप के कारण ये दिनोंदिन दुर्बल हुई जाती हैं, जिसे देख-देखकर हम सखियों की आंखों में आंसू भरे रहते हैं। हमारी सखी के अभीष्ट किन्तु दुर्लभ महादेव न जाने कब इन पर उसी प्रकार कृपा-दृष्टि करेंगे, जैसे इन्द्र जल के अभाव में तरस रही जलती हुई पृथ्वी पर जल बरसाकर उसे तृप्त कर देते हैं।''

इस प्रकार पार्वती के मन की बात जानेवाली सखी ने उस ब्रह्मचारी को पार्वती के तप का प्रयोजन ठीक-ठीक बतला दिया, जो अपने व्रत-पालन के कारण अत्यन्त सुन्दर दिखाई पड़ रहा था। सुनकर ब्रह्मचारी ने प्रसन्नता का कुछ भी चिह्न व्यक्त नहीं किया, केवल इतना पूछा, 'क्यों जी, यह सच कह रही हैं, या परिहास कर रहीं हैं?'

पार्वती ने अपनी स्फटिक के मनकों से बनी माला अपनी मुट्ठी में ले ली और कुछ देर तक विचार कर चुकने के उपरान्त जैसे-तैसे उन्होंने केवल ये थोड़े-से नपे-तुले शब्द कहेः

''हे वेदज्ञानियों में श्रेष्ठ, आपने जो सुना वह ठीक ही है। यह तपस्विनी इतने ही ऊंचे पद को पाने की अभिलाषिणी है। यह तप उन्हीं को प्राप्त करने के लिए है। मनुष्य का मनोरथ जहां न पहुंच सके, ऐसा तो कोई स्थान ही नहीं।''

तब ब्रह्मचारी कहने लगाः ''महादेव के विषय में तो सब कोई जानते हैं। फिर भी उनको पाने की इच्छा से आप ऐसा तप कर रहीं हैं? महादेव के अशुभ कार्यों का विचार करके मेरा तो मन आपकी इस इच्छा का समर्थन करने को नहीं होता।

''आप भी किस निकम्मे से प्रेम करने चलीं? सोचिए तो कि विवाह के समय मंगल-सूत्र से सजा हुआ आपका यह हाथ महादेव के उस हाथ पर रखा हुआ कैसा लगेगा जिसमें कंकणों के स्थान पर सांप लिपटे हुए हैं?

''आप ही जरा सोचिए कि सुन्दर हंसों से चित्रित नववधू के दुपट्टे तथा रक्त चुआती हुई हाथी की खाल, इन दोनों का मेल होना क्या भला प्रतीत होता है?

''अब तक आप अपने जिन महावर से रंगे चरणों से फूलों से भरे आंगनों में चलती रही हैं, उन्हीं से आपको अब उन श्मश्यान-भूमियों में चलना पड़े, जिनमें शवों के बाल बिखरे पड़े होते हैं; यह तो आपका कोई शत्रु भी आपके लिए न चाहेगा।

''और यदि आपको महादेव सरलता से प्राप्त भी हो जाएं तो भी इससे बढ़कर और बुरी बात क्या होगी कि आपके इस स्तन-युगल पर, जिसपर अब

हरिचन्दन पुता हुआ है, महादेव के शरीर पर लगी हुई चिता-भस्म आकर पुत जाए?

''इससे भी अधिक एक और विडम्बना यह होगी कि आप जो अब तक श्रेष्ठ हाथी पर चढ़ती रही हैं, विवाह होने के उपरान्त महादेव के साथ जब बूढ़े बैल पर चढ़कर निकलेंगी, तब नगर के प्रतिष्ठित लोग आपको देखकर हंसने लगेंगे।

''महादेव को प्राप्त करने की इच्छा के कारण अब दो की किस्मतें फूट गई हैं। एक तो चन्द्रमा की कला जो उनके मस्तक पर विद्यमान है और दूसरी आप जो संसार की आंखों के लिए शान्ति पहुंचानेवाली चांदनी के समान हैं।

''महादेव के शारीरिक सौन्दर्य का यह हाल है कि उसकी तीन आंखें हैं। उसके कुल का कुछ पता नहीं; और धन-सम्पत्ति इतने से ही स्पष्ट है कि वह दिगम्बर रहता है। हे मृगनयनी, वरों में जो-जो बातें देखी जाती हैं, उनमें से महादेव में तो एक भी नहीं है।

''तुम अपने मन को इस अशुभ कामना से वापस फेर लो। कहां तो उस ढंग के महादेव और कहां शुभ लक्षणोंवाली तुम! साधुजन यज्ञ में खम्भा बनाने के लिए श्मशान में गड़ी हुई सूली को प्रयोग में नहीं लाते।''

जब उस ब्रह्मचारी ने महादेव के विरुद्ध ऐसी बातें कहीं, तो पार्वती के होंठ क्रोध से कांपने लगे; उसकी भौंहे टेड़ी हो गईं और उसकी आंखों में लाली झलक आई।

वह उससे कहने लगी, ''तुम महादेव के वास्तविक रूप को जानते नहीं हो, इसी से तुमने मुझसे ये बातें कही हैं। मन्दबुद्धि लोग असाधारण महात्माओं के चरित्र से अकारण ही द्वेष किया करते हैं।

''मांगलिक पदार्थों का प्रयोग या तो किसी विपत्ति का प्रतिकार करने के लिए किया जाता है अथवा किसी ऐश्वर्य को प्राप्त करने के लिए। परन्तु जो महादेव सम्पूर्ण संसार को शरण देनेवाले हैं, जिन्हें कोई कामना शेष नहीं है, उन्हें इनके प्रयोग की क्या आवश्यकता है, जिनसे आशा बांधने के कारण आत्मवृत्ति को चोट पहुंचती है?

''महादेव अकिंचन होते हुए भी सारी सम्पत्ति को उत्पन्न करनेवाले हैं। वे श्मशानवासी होते हुए भी त्रिलोक के स्वामी हैं। वे भयंकर रूपवाले होने पर भी शिव कहलाते हैं। उनके वास्तविक रूप को पहचाननेवाला संसार में कोई है ही नहीं।

''और फिर सारा संसार ही महादेव ही मूर्ति है। उनमें यह भी देखा जाता कि वे आभूषणों से चमक रहे हैं या उनपर सांप लिपटे हुए हैं; उन्होंने दुकूल

धारण किया है या गजचर्म ओढ़ा हुआ है; या उन्होंने मुंडमाला पहनी है अथवा वे चन्द्रकला से सुशोभित है।

''चिता की भस्म उनके शरीर का स्पर्श करके रजोगुण को शुद्ध करने का साधन बन जाती है। इसीलिए तांडव नृत्य का अभिनय करते समय उनकी देह से झड़कर गिरी हुई चिताभस्म को देवता लोग अपने माथे पर लगाते हैं।

''यद्यपि महादेव सम्पत्तिहीन हैं, फिर भी जब वे अपने बैल पर चढ़कर जाते हैं तो मद बहाते हुए दिग्गजों पर चढ़ा हुआ इन्द्र उनके बैल के साथ-साथ चलता हुआ उनके पैरों के पास जाकर अपने सिर से उनके पैरों की अंगुलियों को खिले हुए मंदार पुष्पों के पराग से रंगकर लाल किया करता है।

''अपने नीच स्वभाव के कारण तुमने महादेव के दोष गिनाते हुए भी एक बात ठीक कह दी है कि उनके कुल का पता नहीं है। क्योंकि जिसे स्वयंभू ब्रह्मा को भी उत्पन्न करनेवाला कहा जाता है, उनके कुल और वंश का पता ही क्या चल सकता है?

''अच्छा, इस विवाद को समाप्त करो। जैसा तुमने सुना है, मान लिया कि वे बिलकुल वैसे ही हैं; परन्तु मेरा मन तो उन्हीं में रमा हुआ है। और प्रेम दोषों को नहीं देखा करता।

''सखी, देखो यह ब्रह्मचारी फिर कुछ बोलना चाहता है। इसके होंठ हिल रहे हैं। इसे चुप रहने को कहो। क्योंकि जो बड़ों की निन्दा करता है, केवल उसी को पाप नहीं लगता, बल्कि जो सुनता है उसे भी पाप लगता है।

''या फिर मैं ही यहां से चली जाती हूं।'' इतना कहकर पार्वती चल पड़ी और हड़बडाहट में उसका स्तनों को ढकनेवाला वल्कल वस्त्र फट गया। तभी महादेव ने अपना वास्तविक रूप धारण करके मुस्कराते हुए पार्वती का हाथ पकड़ लिया।

महादेव को देखकर पार्वती का शरीर कांपने लगा। उसके सारे शरीर से पसीना छूटने लगा। चलने के लिए वह अपना एक पैर उठाए हुए थी, परन्तु जैसे नदी के रास्ते में कोई पर्वत आ पड़े तो वह न आगे बढ़ पाती है और न वापस लौट पाती है, उसी प्रकार पर्वतराज की कन्या भी न तो चल ही सकी और न खड़ी ही रह सकी।

महादेव कहने लगे, ''हे सुन्दरी, मैं आज से तुम्हारा दास हूं। तुमने अपनी तपस्या से मुझे खरीद-सा लिया है।'' यह सुनते ही पार्वती का नियमपालन का सारा कष्ट जाता रहा। क्योंकि यदि अभीष्ट फल की प्राप्ति हो जाए तो क्लेश के स्थान पर फिर नई ताजगी आ जाती है।

षष्ठ सर्ग

इसके पश्चात् पार्वती ने अपनी सखी द्वारा विश्वरूप महादेव से यह कहलवाया कि मेरा दान मेरे पिता पर्वतराज ही कर सकते हैं। आप उन्हें मना लीजिए।

सखी के द्वारा सन्देश कहलवाकर पार्वती अपने प्रिय महादेव के प्रेम में उसी प्रकार मग्न हो गई, जैसे आम्रवृक्ष की डाल कोयल के द्वारा वसन्त के पास सन्देश भिजवाकर खिल उठती है।

महादेव ने इस बात को स्वीकार कर लिया और जैसे-तैसे उन्होंने पार्वती को विदा दी। उसके पश्चात् उन्होंने सातों ज्योतिर्मय ऋषियों का स्मरण किया।

वे सप्तर्षि अपने प्रभामंडल से आकाश को देदीप्यमान करते हुए अरुन्धती समेत अविलम्ब ही महादेव के सम्मुख आकर प्रकट हुए।

उन सप्तर्षियों ने उस आकाश-गंगा के जल में स्नान किया था, जिसके किनारे पर खड़े हुए मन्दार वृक्षों के पुष्प गिर-गिरकर उसकी तरंगों में बहते रहते हैं और जिसका जल दिग्गजों के मद की सुगंध से सुवासित रहता है।

उन ऋषियों ने मोतियों के यज्ञोपवीत धारण किए हुए थे और सुनहले वल्कल वस्त्र पहने थे। उनके पास रत्नों से बनी रुद्राक्ष की मालाएं थीं। ऐसा प्रतीत होता था मानो कल्पवृक्षों ने ही संन्यास ले लिया हो।

सूर्य भी जब इन सप्तर्षियों के पास से गुजरता है तो वह अपने घोड़ों को नीचे ही खड़ा कर देता है। फिर अपने रथ की ध्वजा उतारकर विनयपूर्वक ऊपर की ओर देखता हुआ इन ऋषियों को प्रणाम किया करता है।

सप्तर्षि प्रलयकाल में भी महावराह द्वारा उबारकर अपने दांतों पर रखी हुई पृथ्वी के साथ-साथ महावराह के दांतों पर ही विश्राम किया करते हैं।

ब्रह्मा के उपरान्त शेष संसार का निर्माण इन्हीं सप्तर्षियों ने किया था। इसलिए पुराविद् लोग इन्हें प्राचीन विधाता कहा करते हैं।

ये सप्तर्षि अपने पूर्वजन्म में किए पुण्यकर्मों का और तप के फल का उपभोग कर रहे हैं। फिर भी इस समय भी तपस्या में लगे रहते हैं।

उनके बीच साध्वी अरुन्धती पति के चरणों की ओर आंखें लगाए ऐसी सुशोभित हो रही थी, मानो साक्षात् तपस्या की सिद्धि ही हो।

महादेव ने उन सबको बिना किसी भेदभाव के एक ही दृष्टि से देखा, क्योंकि महात्मा लोग स्त्री और पुरुष का बहुत भेद नहीं करते। वे तो उनके चरित्र को ही महत्व देते हैं।

अरुन्धती को देखकर महादेव का विवाह के प्रति आग्रह और भी बढ़ गया, क्योंकि सब धार्मिक क्रियाओं का मूल कारण अच्छी पत्नियां ही होती हैं।

यद्यपि इस समय पार्वती के प्रति महादेव के मन में अनुराग धर्म ने उत्पन्न किया था, फिर भी पहले के अपराध से भयभीत कामदेव का मन सिहर उठा।

वे सब मुनि महादेव के प्रति आदर प्रदर्शित करने के पश्चात् प्रेम से पुलकित होकर महादेव से बोलेः

''हे महादेव, हमने आज तक जो भी कुछ अध्ययन किया; जो यज्ञ इत्यादि किए और जो तपस्या की, उस सबका फल आज हमें मिल गया है। क्योंकि आप इस संसार के स्वामी हैं और किसी के मनोरथ की गति भी आप तक नहीं है, अर्थात् आप संसार के लिए दुर्लभ हैं। फिर भी आपने कृपा करके आज हमें अपने मन में स्थान दिया है।

''आप जिसके चित्त में विद्यमान हों, वही व्यक्ति सबसे अधिक भाग्यशाली है। फिर उस व्यक्ति के सौभाग्य का तो कहना ही क्या, जिसका आपने स्मरण किया हो!

''यह ठीक है कि हमारा स्थान सूर्य और चन्द्रमा से भी ऊपर है, परन्तु आज आपने, हमपर अपने स्मरण द्वारा कृपा करके, हमारा पद और भी अधिक ऊंचा कर दिया है।

''आपने हमें स्मरण किया है, इससे हम अपने-आपको बहुत भाग्यवान् समझते हैं। क्योंकि यदि उत्तम लोग आदर प्रकट करें, तभी व्यक्ति को अपनी योग्यता का विश्वास होता है।

''हे महादेव, आपके स्मरण करने से हमें कितना आनन्द हुआ है, यह आपको बताने की आवश्यकता नहीं; क्योंकि आप तो सब प्राणियों के हृदय की बात जानते ही हैं।

''यद्यपि हम आपको साक्षात् देख रहे हैं, फिर भी आपका वास्तविक रूप

हम नहीं जानते। कृपया अपना स्वरूप हमें बतलाइए; क्योंकि आप बुद्धिगम्य तो हैं ही नहीं।

''आपका यह जो रूप हमें दिखाई पड़ रहा है, यह वह रूप है जिससे आप संसार का सृजन करते हैं, या वह जिससे संसार को धारण करते हैं, अथवा वह रूप है जिससे आप संसार का संहार करते हैं।

''या हे देव, यह प्रार्थना तो बहुत बड़ी है। इसे अभी रहने दीजिए। पहले यह बतलाइए कि आपने हमें किसलिए स्मरण किया है? अब हमें क्या करना है?''

तब महादेव मुस्कराए। उनके दांतों की चमक उनके सिर पर विद्यमान चन्द्रमा की कान्ति से होड़ करने लगी। महादेव सप्तर्षियों से कहने लगेः

''आप लोग तो जानते ही हैं कि मैं कुछ भी कार्य स्वार्थ-प्रेरित होकर नहीं करता। मेरी आठों मूर्तियों से भी यही बात स्पष्ट है।

''इस समय शत्रुओं से परास्त हुए देवताओं ने मुझसे सन्तान की याचना की है; ठीक वैसे ही जैसे तृषाकुल चातक बादल से वृष्टि की याचना किया करता है।

''इसलिए मैं सन्तान की उत्पत्ति के लिए पार्वती को अपने घर लाना चाहता हूं। जैसे यजमान अग्नि की उत्पत्ति के लिए अरणि अपने घर लाता है।

''मेरी ओर से आप लोग जाकर हिमालय से पार्वती की याचना कीजिए, क्योंकि सज्जनों द्वारा कराए गए सम्बन्धों में बिगाड़ नहीं हुआ करता।

''ऊंचे, प्रतिष्ठित तथा भूमि को धारण करनेवाले हिमालय से सम्बन्ध स्थापित कर लेने पर मैं भी अपने-आपको भाग्यशाली समझूंगा।

''हिमालय से कन्यादान के लिए जाकर क्या कहना होगा, यह आपको बताने की आवश्यकता नहीं है, क्योंकि आपने ही जिस लोकाचार का निर्माण किया है, उसीका तो सब सज्जन पालन किया करते हैं।

''और इस विषय में आर्या अरुन्धती को भी कुछ कार्य करना होगा क्योंकि प्रायः इस प्रकार के कार्यों में गृहिणियां अधिक कुशल होती हैं।

''अब आप इस कार्य को पूरा करने के लिए हिमालय के औषधिप्रस्थ नगर को जाइए। फिर यहां महाकोशी नदी के प्रपात के निकट ही हम लोग आपस में मिलेंगे।''

जब सप्तर्षियों ने संयमी तपस्वियों में श्रेष्ठ महादेव को विवाह के लिए उद्यत देखा तो उनकी विवाह के कारण उत्पन्न होनेवाली लज्जा जाती रही।

वे सप्तर्षि 'जैसी आज्ञा' कहकर वहां से चल पड़े और महादेव भी पहले बताए हुए स्थान पर पहुंच गए।

वे सप्तर्षि नीले आकाश में मन के समान तीव्र वेग से उड़ते हुए औषधिप्रस्थ नामक नगर में पहुंचे।

यह नगर धन-सम्पत्ति की दृष्टि से अलकापुरी से भी बढ़ा-चढ़ा था। ऐसा प्रतीत होता था कि स्वर्ग में न समा सकनेवाली अतिरिक्त ऐश्वर्यराशि यहां लाकर सजा दी गई है।

इस नगर के चारों ओर गंगा की धाराएं बह रही थीं। नगर के चारों ओर बने परकोटे पर औषधियां चमकती रहती थीं। वहां के पत्थरों में बड़ी-बड़ी मणियां छिपी हुई थीं जिनसे वह नगर अत्यन्त मनोहर हो उठा था।

वहां के हाथियों को सिंहों से कोई भय नहीं था। वहां सब घोड़े 'विल' जाति के ही होते थे। वहां के सब नागरिक यक्ष और किन्नर ही थे और वहां की सब स्त्रियां वन-देवियां थीं।

वहां शिखरों पर सदा बादल छाए रहते थे; इसलिए जब घरों में मृदंग इत्यादि वाद्य भी बजते थे, तो पहले-पहल यह भ्रम होता था कि बादल गरज रहे हैं; परन्तु बाद में लय और ताल के कारण पता चल जाता था कि ये बादल नहीं, मृदंग हैं।

इस नगर में यद्यपि नागरिकों ने अपने घरों पर झंडियां नहीं टांगी थीं, परन्तु कल्पवृक्षों की चंचल शाखाएं ही यहां पर घरों के ऊपर लगी हुई पताकाओं-सी प्रतीत होती थीं।

इस नगर में स्फटिक से बने हुए महलों में बने मदिरालयों में जब रात्रि को तारों के प्रतिबिम्ब चमकते थे, तो रत्नजटित हीरों जैसे प्रतीत होते थे।

यहां रात्रि के समय तरह-तरह की औषधियां चमककर प्रकाश करती रहती थीं, इसलिए बरसात के दिनों में भी अभिसारिकाओं को रात में अन्धकार का अनुभव नहीं होता था।

यहां आयु के अन्त तक यौवन बना रहता था। यहां कामदेव के अतिरिक्त अन्य कोई हत्यारा नहीं था और रमण के उपरान्त आने वाली निद्रा के अतिरिक्त अन्य किसी प्रकार की मूर्च्छा नहीं आती थी।

यहां स्त्रियां अपनी भौंह टेड़ी करके कांपते हुए होंठों से अपनी सुन्दर अंगुलियों से अपने प्रेमी पुरुषों को तब तक धमकाती थीं, जब तक वे उन्हें मनाकर प्रसन्न न कर लें। इसके अतिरिक्त यहां और कोई किसी को क्रोध से धमकाता नहीं था।

इस नगर का उपवन गन्धमादन नामक पर्वत था, जहां पथिक विद्याधर चलते-चलते थककर कल्पवृक्षों की छाया में सोकर विश्राम किया करते थे।

हिमालय के उस नगर को देखकर उन दिव्य ऋषियों को यह अनुभव हुआ कि स्वर्गप्राप्ति के लिए उन्होंने जो इतना पुण्य किया, उसमें वे ठगे ही गए।

वे सप्तर्षि तेजी से हिमालय के महल में उतरे। द्वारपाल लोग ऊपर की ओर मुंह उठाए उनकी ओर देख रहे थे; और उतरते समय अपनी जटाओं के कारण वे ऐसे प्रतीत हो रहे थे, मानो चित्र में अंकित अग्नि के समान निश्चल हों।

वे सातों ऋषि बड़े-छोटे के क्रम में आकाश से उतरते हुए ऐसे प्रतीत हो रहे थे, जैसे जल की लहरों में पड़ते हुए सूर्य के अनेक प्रतिबिम्ब हों।

उन पूजनीय ऋषियों के लिए पूजा की सामग्री लेकर हिमालय ने दूर तक आकर उनका स्वागत किया। उसके चलने से पृथ्वी धमकने-सी लगी।

उसके होंठ गेरू-से लाल थे। ऊंचे-ऊंचे देवदारु उसकी विशाल भुजाओं के समान थे और स्वभावतः ही उसकी छाती शिलाओं से बनी हुई थी। देखते ही सप्तर्षियों ने पहचान लिया कि यही हिमालय है।

हिमालय विधिपूर्वक उनका आतिथ्य-सत्कार करके स्वयं मार्ग दिखाता हुआ उन पुण्यात्मा ऋषियों को अपने अन्तः-पुर में ले गया।

वहां पर उन्हें बेंत के आसनों पर बिठाने के पश्चात् स्वयं एक आसन पर बैठकर हिमालय हाथ जोड़कर उनसे कहने लगाः

''आपका दर्शन आज एकाएक हुआ है। मुझे यह ऐसा प्रतीत हो रहा है, मानो बिना बादल के ही वर्षा हो गई हो या बिना फूल के ही फल लग आया हो।

''आपकी कृपा से आज मैं अपने-आपको ऐसा अनुभव कर रहा हूं, जैसे कोई मूर्ख एकाएक ज्ञानी बन गया हो या लोहा सोना बन गया हो या मैं एकाएक भूमि से स्वर्ग में पहुंच गया होऊं।

''आज से मैं सब प्राणियों के लिए आत्मशुद्धि करने का स्थान बन गया हूं, क्योंकि जिस स्थान पर महापुरुष निवास करते हों उसी को तीर्थ कहा जाता है।

''हे सप्तर्षियो, मैं अपने-आपको दो वस्तुओं से पवित्र हुआ समझता हूं। एक तो अपने सिर पर गिरने वाली गंगा की धारा से और दूसरे आपके चरणों को धोने के बाद बचे हुए इस जल से।

''मैं अनुभव करता हूं कि आपने मेरे शरीर के स्थावर और जंगम दोनों

ही रूपों पर विशेष अनुग्रह किया है। क्योंकि मेरे जंगम शरीर को आपने अपना सेवक बना लिया और मेरे स्थावर शरीर पर आपने पवित्र चरण रखे हैं।

''आपकी इस कृपा के कारण मुझे इतना आनन्द हो रहा है कि मेरे दूर दिशाओं तक फैले हुए अंग भी किसी तरह फूले नहीं समा रहे।

''आप जैसे तेजस्वी महात्माओं के दर्शन से केवल मेरी गुफाओं में भरा अंधकार ही नष्ट हो गया, परन्तु मेरे हृदय में विद्यमान रजोगुण से आगे का तमोगुण भी नष्ट हो गया है।

''यह तो मुझे नहीं लगता कि आप किसी कार्य से यहां आए हों, क्योंकि यदि कोई कार्य होता भी तो क्या आप स्वयं अपनी शक्ति से ही उसे पूर्ण न कर लेते? मैं तो यह समझता हूं कि आप केवल मुझे पवित्र करने के लिए ही यहां पधारे हैं।

''फिर भी आप मुझे कोई न कोई आज्ञा अवश्य दीजिए, क्योंकि सेवकों पर स्वामी की प्रसन्नता तभी प्रकट होती है, जब उन्हें किसी कार्य में लगाया जाए।

''यह मैं स्वयं खड़ा हूं, ये मेरी पत्नियां हैं और यह हमारे कुल की प्राण मेरी कन्या है। इनमें से जिससे भी आपका कुछ कार्य हो सके, उसको आदेश दीजिए। शेष बाह्य वस्तुओं से आपका कुछ कार्य हो सकता है, इसका मुझे विश्वास नहीं।''

जब हिमालय इतना कह चुका तब गुफओं में से लौटती हुई उसीकी प्रतिध्वनि सुनाई पड़ी और ऐसा प्रतीत हुआ मानो एक ही बात हिमालय ने दो बार कही हो।

तब सप्तर्षियों ने इस प्रकार के वार्तालाप में कुशल अंगिरा ऋषि से अनुरोध किया कि वे हिमालय से बात प्रारम्भ करें। तब अंगिरा बोलेः

''हिमालय, तुमने जो कहा, वह सब ठीक है और इससे अधिक भी जो कुछ कहो, वह ठीक है। तुम्हारे शिखर और तुम्हारा हृदय दोनों एक समान ही ऊंचे हैं।

''तुम्हें जो स्थावर रूप विष्णु कहा जाता है, वह ठीक ही कहा जाता है। क्योंकि तुमने चर-अचर सब प्राणियों को अपनी गोद में स्थान दिया हुआ है।

''यदि तुम रसातल तक पृथ्वी को सहारा न दिए रहो, तो शेषनाग अपने कमलनाल के समान कोमल फनों से पृथ्वी को किस प्रकार संभाल सकता है?

''अटूट निर्मल प्रवाहवाली और समुद्र की लहरों तक बहती चली जानेवाली तुम्हारी नदियां सब लोकों को पवित्र करती हैं, सब जगह तुम्हारी कीर्ति फैलाती हैं।

‘‘जिस प्रकार गंगा का आदर विष्णु के चरण से निकलने के कारण किया जाता है, उसी प्रकार ऊंचे शिखरों से निकलने के कारण भी उसका आदर होता है।

‘‘भूमि, स्वर्ग और पाताल में विष्णु की महिमा तब फैली जब उन्होंने तीन पगों में लोकों को नापा; परन्तु उतनी महिमा तो तुम्हारी स्वाभाविक रूप से ही फैली हुई है।

‘‘तुम्हें यज्ञ का भाग पानेवाले देवताओं में स्थान प्राप्त हुआ है, इससे तुमने सुमेरु के ऊंचे और सुनहले शिखरों को भी नीचा दिखा दिया है।

‘‘तुम्हारी सारी कठोरता तुम्हारे इस स्थावर शरीर में ही केन्द्रित हो गई है, और तुम्हारा यह चल शरीर सज्जनों की आराधना में रत तथा भक्ति के कारण विनम्र है।

‘‘अच्छा, अब हमारे आने का प्रयोजन सुनो। वस्तुतः तो यह तुम्हारा ही काम है। परन्तु उत्तम सम्मति देने के कारण इसका कुछ यश हमें भी प्राप्त हो जाएगा।

‘‘तुम महादेव को तो जानते ही हो। उन्हें अणिमा इत्यादि सिद्धियां प्राप्त हैं। वे समस्त संसार के एकमात्र स्वामी हैं। और उनके सिर चन्द्रमा की कला विराजती है।

‘‘उन्होंने पृथ्वी आदि अपनी आठ मूर्तियों द्वारा इस विश्व को धारण किया हुआ है। उनकी आठ मूर्तियां एक-दूसरे को परस्पर उसी प्रकार सहायता देती रहती हैं, जिस प्रकार घोड़े मार्ग में मिलकर रथ को खींचा करते हैं।

‘‘उन्हें योगी अपने शरीर के अन्दर ही विद्यमान पाते हैं और उन्हें विद्वान् लोगों ने जन्म-मरण से परे बताया है।

‘‘उन समस्त कर्मों के साक्षी इष्ट वर देनेवाले महादेव ने हमें भेजकर तुम्हारी कन्या को विवाह के लिए मांगा है।

‘‘जैसे वाणी का सम्बन्ध अर्थ से कर दिया जाता है, उसी प्रकार तुम पार्वती का सम्बन्ध महादेव से करा दो; क्योंकि कन्या को अच्छा पति प्राप्त हो जाए, तो पिता को उसके लिए कोई चिन्ता नहीं रहती।

‘‘महादेव समस्त संसार के पिता हैं। उनसे विवाह हो जाने पर तुम्हारी इस कन्या को सब स्थावर और जंगम पदार्थ अपनी माता समझेंगे।

‘‘फिर देवता लोग महादेव को प्रणाम करने के पश्चात् अपने सिर पर धारण की हुई मणियों से इसके चरणों को रंगा करेंगे।

"पार्वती वधू हो, तुम कन्यादान करनेवाले बनो, हम विवाह में मध्यस्थ हों और स्वयं महादेव वर हों, इससे अधिक तुम्हारे कुल के लिए सम्मान की और क्या बात हो सकती है!

"महादेव की सब स्तुति करते हैं। परन्तु वे किसी की स्तुति नहीं करते। सब उन्हीं के आगे मस्तक झुकाते हैं, परन्तु वे किसी के आगे सिर नहीं झुकाते। ऐसे विश्वपति महादेव से अपनी कन्या का विवाह करके तुम उनके भी पूज्यनीय बन जाओ।"

जब देवर्षि अंगिरा इस प्रकार हिमालय को मना रहे थे, उस समय पार्वती अपने पिता के पास बैठती थी। वह मुंह नीचा किए अपने हाथ में लिए हुए कमल की पुखुरियां गिनने लगी।

यद्यपि यह बात हिमालय के मन की ही थी, फिर भी उसने मेना के मुख की ओर देखा, क्योंकि कन्या के सम्बन्ध में बात चलने पर गृहस्थ लोग प्रायः गृहिणियों से ही सम्मति मांगते हैं।

मेना ने भी अपने पति की इच्छा के अनुसार ही अपनी स्वीकृति दी। पतिव्रता स्त्रियां अपने पति की इच्छा के अनुकूल ही कार्य किया करती हैं।

देवर्षि अंगिरा के बोलकर चुप हो जाने पर 'अब क्या उत्तर देना उचित है' यह सोचकर हिमालय ने मंगल-वस्त्रों से सुसज्जित अपनी कन्या से कहा:

"बेटी, यहां आओ। तुम्हें महादेव ने मुझसे भिक्षा रूप में मांगा है और लेने के लिए ये दिव्य मुनि पधारे हैं। आज मेरा गृहस्थ होना सफल हुआ।"

पुत्री से इतना कहकर हिमालय ने सप्तर्षियों से कहा, "यह महादेव की पत्नी आपको नमस्कार करती है।"

अभीष्ट कार्य की सिद्धि को सूचित करने वाली हिमालय की इस वाणी से सप्तर्षि बहुत प्रसन्न हुए और उन्होंने पार्वती को ऐसे अनेक आशीर्वाद दिए, जिनका सुफल तत्काल ही प्राप्त हो।

पार्वती ने आदर के साथ अरुन्धती को नमस्कार किया, जिससे उसके सोने के कुंडल भूमि पर गिर पड़े। पार्वती अत्यन्त लजा रही थी। अरुन्धती ने उसे अपनी गोद में बिठा लिया।

पुत्री के स्नेह से विकल होने के कारण उसकी माता मेना की आंखों में आंसू भर आए थे। अरुन्धती ने उसे अनुपम वर महादेव के गुण बताकर प्रसन्न कर दिया।

जब हिमालय ने विवाह की तिथि पूछी तो सप्तर्षियों ने बताया कि आज

से तीन दिन बाद विवाह करना उचित होगा और इतना कहकर वे सप्तर्षि, जिनके पास पहने हुए वस्त्रों के अतिरिक्त अन्य कुछ सामान नहीं था, वहां से चल पड़े।

हिमालय से विदा लेकर सप्तर्षि महादेव के पास पहुंचे और वहां जाकर निवेदन किया कि जो कार्य आपने हमें सौंपा था, वह पूर्ण हो गया है। फिर महादेव से विदा लेकर वे सप्तर्षि आकाश में चले गए।

महादेव ने हिमालय की कन्या पार्वती से मिलने की उत्सुकता में वे तीन दिन बड़ी कठिनाई से बिताए। जब प्रेम के कारण महादेवजी की यह दशा हो गई तब फिर और ऐसा कौन हो सकता है, जो प्रेम से अधीर न हो उठे!

सप्तम सर्ग

इसके बाद चन्द्रमा के शुक्ल पक्ष की सातवीं शुभ तिथि को हिमालय ने अपने इष्ट-बन्धुओं को एकत्र करके अपनी पुत्री का विवाह-संस्कार कर दिया।

जब घर में विवाह के मांगलिक कार्य होने लगे, तो सारा नगर हिमालय के प्रति प्रेम होने के कारण एक परिवार के समान होकर उसके अन्तः पुर में आ गया और घर के अन्दर स्त्रियां दल बांधकर आवश्यक कार्य में जुट गईं।

नगर के मार्गों पर कल्पवृक्ष के फूल बिछा दिए गए और चीनी रेशम के वस्त्रों से झंडियों की मालाएं बनाकर टांग दी गईं। जगह-जगह स्वर्ण बन्दनवार बनाए गए, जो खूब चमक रहे थे। ऐसा प्रतीत होने लगा, मानो स्वर्ग ही उठकर यहां आ गया हो।

यद्यपि हिमालय के अनेक पुत्र थे, फिर भी वह अकेली कन्या उमा विवाह का समय निकट आ जाने से माता को ऐसी प्यारी लगने लगी मानो बहुत समय बाद उसे देखा हो या वह जैसे मरकर फिर जी उठी हो।

पार्वती को सभी सम्बन्धियों ने बारी-बारी से अपनी गोदी में लिया। उसे अनेक प्रकार के आशीर्वाद दिए और एक से एक बढ़-चढ़कर आभूषण उसे प्रदान किए। यद्यपि उसके सम्बन्धी अनेक थे, फिर भी ऐसा प्रतीत हुआ जैसे हिमालय के सारे कुटुम्ब का स्नेह पार्वती में एक जगह आकर केन्द्रित हो गया हो।

सूर्योदय से तीन मुहूर्त बाद, उत्तरा फाल्गुनी नक्षत्र का चन्द्रमा के साथ योग होने पर सौभाग्यवती और पुत्रवती स्त्रियों ने पार्वती का शृंगार करना प्रारम्भ किया।

पहले उनका दूब के अंकुरों तथा सरसों के दानों से शृंगार किया गया और फिर उसे नाभि तक रेशमी साड़ी पहनाई गई और उसमें एक बाण खोंस दिया गया और इस प्रकार तेल इत्यादि लगाने का शृंगार पूर्ण हो गया।

विवाह की विधि के समय लगाए गए उस बाण से पार्वती की शोभा ऐसी

बढ़ गई, जैसे शुक्ल पक्ष में सूर्य की किरणों का स्पर्श पाकर चन्द्रकला दमकने लगती है।

इसके पश्चात् स्त्रियों ने लोध्र के चूर्ण से उसके शरीर पर लगा हुआ तेल हटाया और कुछ गीला लेप लगाकर उसके शरीर को रंगा। फिर स्नान के योग्य वस्त्र पहनाकर उसे स्नानघर में ले गईं।

वहां उन्हींने उसे मरकत की शिला पर बिठाया, जिसके चारों ओर मोतियों की रंग-बिरंगी मालाएं टंगी हुई थीं और फिर उन्होंने गीत गाते हुए पार्वती के ऊपर सोने के कलशों से जल उंड़ेल-उंड़ेलकर उसे स्नान कराया। इसी समय बाजे बजने लगे।

मंगल-स्नान के उपरांत पार्वती का शरीर अत्यन्त निर्मल हो उठा। उन्होंने पार्वती को विवाह के वस्त्र पहनाए और वह ऐसी दिखाई देने लगी, जैसे बादलों द्वारा स्नान कराए जा चुकने के बाद खिले हुए काश के फूलों से भरी हुई पृथ्वी सुशोभित होती है।

तब पतिव्रता स्त्रियां पार्वती का हाथ पकड़कर उसे मंगलवेदी पर ले गईं, जिसके ऊपर चंदोवा तना हुआ था और जिसके चारों ओर चार मणियों से बने खंभे लगे थे। वेदी के ऊपर एक आसन बिछा हुआ था।

वहां उन्होंने पार्वती को पूर्व की ओर मुंह करके बिठा दिया, और शृंगार करने की तैयारी करने लगीं। यद्यपि शृंगार की सब सामग्री सामने रखी थी फिर भी पार्वती का सौन्दर्य ऐसा था कि वे कुछ देर एकटक उसे ही देखती रह गईं और इस प्रकार कुछ विलम्ब हो गया।

फिर किसी ने धूप जलाकर उसकी गर्मी से उसके बाल सुखाए, किसी ने उसमें फूल गूंथ दिए और किसी ने पीले महुए की माला से उसका जूड़ा बांध दिया।

उसके बाद उसके शरीर पर सफेद अगरु लगाकर ऊपर से गोरोचन से उसपर फूल-पत्ते चित्रित कर दिए, जिससे पार्वती की शोभा उस गंगा से भी अधिक हो गई, जिसके किनारे बालू में चक्रवाकों के दल खेल रहे हों।

सजे हुए बालों से युक्त उसके मुख की शोभा ऐसी मनोरम हो उठी कि उसके सामने भ्रमरों से युक्त कमल और मेघ-पटल से युक्त चन्द्रमा का बिम्ब भी तुच्छ दिखाई पड़ने लगा—इन दोनों के साथ उसके मुख की समानता की बात ही समाप्त हो गई।

लोध्र का चूर्ण लगा होने के कारण रूखे और गोरोचन के लेप के कारण

अत्यन्त गोरे कपोलों के ऊपरी भाग तक झूलते हुएउसके कानों पर रखे हुए जौ के अंकुर आंखों को बांधे-से थे।

पार्वती का शरीर बहुत ही सुडौल था। उनके ऊपर और नीचे के होंठों के बीच विभक्त करनेवाली एक रेखा-सी दिखाई पड़ रही थीं पराग से रंगे होने के कारण उसके होंठों की लाली और भी अधिक हो गई थी। जब होंठ फड़कते थे, तो उनकी शोभा विचित्र ही होती थी। अब इन होंठों को अपने सौन्दर्य का फल शीघ्र ही प्राप्त होनेवाला था।

एक सखी ने पार्वती के चरणों को रंगने के बाद परिहास करते हुए उसे आशीर्वाद दिया कि 'तुम अपने इस चरण से अपने पति के सिर पर विद्यमान चन्द्रकला का स्पर्श करो।' सुनकर पार्वती ने मुंह से बिना कुछ कहे, उसे एक फूलों की माला उठाकर मार दी।

पार्वती के नयन बड़े-बड़े कमल की पंखुरियों के समान थे। शृंगार करनेवाली स्त्रियों ने उन नयनों को देखकर उनमें काला अंजन लगा दिया; इसलिए नहीं कि उससे आंखों का सौन्दर्य कुछ बढ़ना था, बल्कि केवल इसलिए कि यह भी एक मांगलिक कार्य था।

ज्यों-ज्यों पार्वती को आभारण पहनाए जाने लगे, त्यों-त्यों उसकी शोभा उसी प्रकार बढ़ने लगी, जैसे नये निकलते हुए फूलों से लता की अथवा नये उगते हुए तारों से रात्रि की, अथवा उड़-उड़कर आते पक्षियों से नदी की शोभा बढ़ जाती है।

उसके बाद पार्वती ने दर्पण में अपना सुन्दर प्रतिबिम्ब देखा और देखकर उसके विशाल नयन आनन्द से चमक उठे। वह महादेव के समीप पहुंचने को अधीर हो उठी, क्योंकि स्त्रियों के वेश की सफलता इसी में है कि उसे देखकर इनका प्रिय आनन्दित हो।

इसके पश्चात् उसकी माता ने पार्वती के मुख को ऊपर उठाया, जिसके दोनों ओर कानों में कर्णफूल लटक रहे थे और अपनी दो अंगुलियों से गीले हरताल एवं मनसिल से अपनी पुत्री के माथे पर विवाह का तिलक लगा दिया। यह तिलक मानो मेना का अपना मनोरथ था जो पहले-पहल उस दिन उत्पन्न हुआ था, जिस दिन उमा के स्तन उभरने आरम्भ हुए थे और उसके पश्चात् जो दिनों-दिन बढ़ते ही गए थे।

मेना की आंखों में आंसू भर आए, जिससे उसे दीखना बन्द हो गया और उसने ऊन का बना हुआ मंगलसूत्र उमा की बांह में कहीं का कहीं बांध दिया,

जिसे धाय ने अपनी अंगुलियों से सरकाकर ठीक स्थान पर कर दिया।

उसके बाद पार्वती नये रेशम के वस्त्र पहने, दर्पण हाथ में लिए ऐसी प्रतीत होने लगी मानो फेनपुंज से ढकी हुई क्षीरसागर की तरंग हो या पूर्णचन्द्र से सुशोभित शरद्ऋतु की रात हो।

इसके पश्चात् उस (मेना) की लोकाचार में कुशलता ने कुल देवताओं की पूजा करके अपने कुल की प्रतिष्ठा बढ़ानेवाली पार्वती से कुलदेवताओं को नमस्कार करवाया और फिर बारी-बारी से पार्वती द्वारा सती स्त्रियों के पैर छुवाए।

उन्होंने सिर झुकाए खड़ी पार्वती को यह आशीर्वाद दिया कि 'तुम्हें अपने पति का अखंड प्रेम प्राप्त हो।' परन्तु बाद में उस पार्वती ने तो अपने पति के आधे शरीर पर ही अधिकार कर लिया और इस प्रकार इष्ट बन्धुओं के आशीर्वाद से भी आगे बढ़ गई।

हिमालय ने अपनी इच्छा और सामर्थ्य के अनुसार सारे करने योग्य काम पूरे कर दिए और उसके बाद अपने मित्रों से भरी हुई सभा में आकर महादेव के आगमन की प्रतीक्षा करने लगा।

उसी समय कुबेर के पर्वत कैलास पर सातों माताओं ने महादेव के सम्मुख सारी प्रसाधन-सामग्री ला रखी जो महादेव के पहले विवाह में प्रयुक्त की गई थी।

महादेव ने माताओं का आदर करने के लिए उस प्रसाधन सामग्री को केवल छू भर दिया; वैसे तो केवल उनकी इच्छा भर से ही उनका स्वाभाविक वेश ही विवाह के योग्य वेश में परिवर्तित हो गया।

चिता की भस्म ही सफेद अंगराग बन गई, कपाल ही सिर का सुन्दर आभूषण बन गया और गजचर्म ही सुन्दर दुशाला बन गया, जिसके किनारों पर सुन्दर चित्र बने थे।

उसके मस्तक का चमकीला तीसरा नेत्र जिसमें दीप्त पीले रंग की पुतली दिखाई पड़ा करती थी, इस विवाह के अवसर पर हरताल से लगाया गया पीला तिलक बन गया।

महादेव के शरीर पर जहां-जहां सांप लिपटे हुए थे वे सब उसी स्थान पर धारण किए जानेवाले आभरण बन गए। परन्तु उसका केवल शरीर ही परिवर्तित हुआ, उनके फनों पर विद्यमान रत्नों की चमक जैसी की तैसी बनी रही।

महादेव के सिर पर चन्द्रमा की कला विद्यमान ही थी, जिससे दिन में भी चमकीली किरणें निकलती थीं और छोटी होने के कारण चन्द्रमा का कलंक उसमें

दिखाई नहीं पड़ता था। इसलिए महादेव को किसी अन्य चूड़ामणि की आवश्यकता ही न हुई।

इस प्रकार समस्त संसार के रंगमंच का निर्माण करनेवाले महादेव ने, जो सदा कुछ ना कुछ अद्भुत कार्य किया करते हैं, अपने प्रभाव से अपना रूप परिवर्तन करने के पश्चात् पास खड़े हुए गण से तलवार लेकर उसमें अपना प्रतिबिम्ब देखा।

फिर नन्दी की बांह का सहारा लेकर वे अपने बैल पर चढ़ गए, जिसकी पीठ पर चीते की खाल बिछी थी। ऐसा प्रतीत होता था मानो शिव की भक्ति के कारण कैलास ने ही अपने विशाल शरीर को संक्षिप्त करके बैल का रूप धारण कर लिया है।

उनके पीछे-पीछे सातों माताएं रथों पर बैठी हुई चल रही थीं। रथों के हिलने से उनके कानों के आभूषण हिल रहे थे। उनके मुख प्रभामण्डल के कारण अत्यधिक गौर हो उठे थे। उन माताओं के मुखों से अन्तरिक्ष पद्मों से भरे सरोवर की भांति सुशोभित हो उठा।

उन माताओं के, जिनकी आभा स्वर्ण के समान थी, पीछे कपालों के आभूषण पहने काली चल रही थी, जो बगुलों की पंक्ति से घिरी हुई तथा बिजली चमकाती हुई काली घटा के समान दिखाई पड़ रही थी। इसके पश्चात् महादेव के आगे चलनेवाले गणों ने मंगल‘वाद्य बजाए। वह वाद्यों की ध्वनि जाकर देवताओं के विमानों पर बने नुकीले शिखरों से टकराई और उसने देवताओं को सूचना दे दी कि इस समय महादेव की सेवा में उपस्थित होने का अवसर आ पहुंचा है।

सहस्त्र किरणोंवाले सूर्य ने विश्वकर्मा द्वारा बनाया हुआ नया छत्र उठाकर महादेव के सिर पर तान लिया। उस छत्र का श्वेत वस्त्र महादेव के सिर के पास तक पहुंचकर ऐसा प्रतीत होने लगा, मानो उनके सिर से गंगा की धारा गिर रही हो।

गंगा और यमुना ने शरीर धारण करके महादेव पर चंवर डुलाना प्रारम्भ कर दिया। यद्यपि उन्होंने अपना नदीरूप त्याग दिया था, फिर भी चंवरों के कारण वे ऐसी प्रतीत हो रही थीं, मानो हंस उड़-उड़कर उनके निकट आ रहे हों।

सृष्टि के विधाता ब्रह्मा और लक्ष्मीपति विष्णु महादेव के पास पहुंचे और उन्होंने महादेव की जय बोलकर उनका गौरव बढ़ाया, जैसे आहुति से अग्नि तीव्र हो उठती है।

एक ही मूर्ति ब्रह्मा, विष्णु और महादेव इन तीनों रूपों में विभक्त हुई है। ये तीनों ही मूर्तियां समय-समय पर एक दूसरे से कम या अधिक होती रहती

हैं। कभी महादेव विष्णु से बड़े हो जाते हैं और कभी विष्णु महादेव से। कभी ब्रह्मा इन दोनों से बड़े हो जाते हैं और कभी ये दोनों ब्रह्मा से बढ़ जाते हैं।

इन्द्र तथा लोकपालों ने अपने राजसी वेश त्याग दिए और विनीत वेश धारण करके वे महादेव के निकट पहुंचे। वहां नन्दी ने उन्हें महादेव के पास जाने का संकेत किया और नन्दी द्वारा बताए गए मार्ग से चलकर महादेव के पास पहुंचकर उन्होंने हाथ जोड़कर प्रणाम किया।

महादेव ने ब्रह्मा का स्वागत सिर हिलाकर और विष्णु का स्वागत वाणी से अभिवादन करके और इन्द्र का स्वागत मुस्कराहट द्वारा किया, और अन्य देवताओं का स्वागत उन्होंने उनपर केवल एक कृपा-भरी दृष्टि डालकर ही कर दिया। इस प्रकार महादेव ने सब देवताओं का उनके गौरव के अनुसार उचित अभिनन्दन किया।

जब सप्तर्षियों ने सम्मुख आकर उन्हें विजय का आशीर्वाद दिया, तो महादेव ने मुस्कराते हुए उनसे कहा, ''मैंने इस विवाह के यज्ञ में पुराहित के कार्य के लिए आप लोगों को ही चुन रखा है।''

इसके उपरान्त तमोगुण के विकार से परे रहनेवाले चन्द्रचूड़ महादेव बारात के साथ हिमालय के नगर की ओर चल पड़े। उनके आगे-आगे विश्वावसु इत्यादि प्रवीण गंधर्व गीत गाते चल रहे थे, जिनमें महादेव द्वारा त्रिपुर को नष्ट करने की कथा का वर्णन किया गया था।

महादेव का बैल खिलवाड़-सा करता हुआ उन्हें आकाश-पथ में ले जा रहा था। उसके गले में बंधी हुई सोने की घंटियां बज रही थी और वह बादलों से लिपटे हुए अपने सींगों को हिलाता हुआ चल रहा था। वे बादल ऐसे प्रतीत होते थे, मानो नदी के किनारों में टक्कर मारते समय उसके सींगों में नदी का कीचड़ लग गया हो।

वह बैल देखते-देखते हिमालय के उस नगर में पहुंच गया, जिस पर आज तक शत्रुओं का घेरा कभी नहीं पड़ा था। ऐसा प्रतीत होता था कि महादेव ने अपनी दृष्टि दूर हिमालय के नगर पर लगाई हुई थी, उसी के सुनहले सूत्रों से खिंचा हुआ वह बैल आगे बढ़ा जा रहा था।

हिमालय के नगर के पास पहुंचकर नीलकंठ महादेव मार्ग के निकट पृथ्वीतल पर उतर गए। यह मार्ग वही था, जहां उनके बाणों के चिह्न बने हुए थे, जिनसे उन्होंने त्रिपुर का संहार, किया था। हिमालय के नगरवासी ऊपर की ओर मुंह उठाए कुतूहल से उन्हें देख रहे थे।

पर्वतराज हिमालय अपने समृद्धिशाली इष्ट-बन्धुओं को साथ लेकर हाथियों पर चढ़कर महादेव के स्वागत के लिए आगे बढ़ा। ऐसा प्रतीत होता था, मानो फूलों से लदे हिमालय के मध्यम शिखर ही स्वागत के लिए आगे बढ़ चले हों।

हिमालय नगर के विशाल द्वार के फाटक खुले थे और उसके दोनों ओर से देवताओं और बादलों के दल आकर आपस में मिल गए। उनका शब्द दूर-दूर तक सुनाई पड़ने लगा और ऐसा प्रतीत होने लगा जैसे एक पुल के नीचे आकर दो विशाल जलधाराएं मिल गई हों।

जब त्रिलोक द्वारा पूजित महादेव ने हिमालय को प्रणाम किया तो हिमालय को इतनी लज्जा आई कि उसे यह पता भी नहीं चला कि महादेव की महिमा के सम्मुख उसका अपना सिर पहले ही झुक गया था।

प्रेम के मारे हिमालय का मुख आनन्द से खिल उठा। वह आगे बढ़कर अपने जामाता महादेव के निकट पहुंचा और उनके आगे चलता हुए उन्हें अपने महल की ओर ले चला। महल तक सारे मार्ग में इतने फूल बिछे हुए थे कि टखनों तक पैर उनमें धंस जाते थे।

उस समय नगर की सुन्दरियों को महादेव के दर्शन की ऐसी तीव्र लालसा थी कि अपने-अपने महलों में उन्होंने अन्य सब काम छोड़ दिए और महादेव के दर्शन के लिए दौड़ पड़ीं।

एक तरुणी महादेव को देखने के लिए एकाएक हड़बड़ाकर जो खिड़की की ओर भागी, तो उसके जूड़े की माला खुल गई। परन्तु उसने उसे बांधने का यत्न न किया और अपने बालों को हाथों में पकड़े-पकड़े ही खिड़की पर पहुंच गई।

एक और कोई सुन्दरी पैर फैलाकर अपने तलुए में दासी से महावर लगवा रही थी, तभी बारात का शोर मचा और वह तेजी से दौड़कर झरोखे तक पहुंची, जिससे झरोखे तक गीले महावर से पैरों के निशान वनते चले गए।

एक और कोई ललना अपनी दाई आंख में अंजन लगा चुकी थी और अभी बाईं आंख में अंजन लगाना शेष था। तभी बारात को शोर सुनकर वह अंजन लगाना भूलकर उसी प्रकार सलाई हाथ में लिए खिड़की के पास जा पहंची।

एक और युवती जो खिड़की में से बारात की राह देख रही थी (बारात को आया देखकर) देखने के लिए तेजी से भीगी तो उसका कटिबन्ध खुल गया। परन्तु उसने उसे बांधा नहीं, बल्कि हाथों से कपड़े संभाले-संभाले ही खिड़को के पास पहुंच गई।

उसके हाथ में पहने हुए कंकण का रत्न उसकी नाभि के पास तक पहुंच गया था, जिसकी चमक से उसकी नाभि स्पष्ट दिखाई पड़ रही थी।

एक और स्त्री बैठी मोतियों की माला पिरो रही थी। वह जो एकाएक लपककर उठी तो माला के मोती तो रास्ते में बिखरते चले गए, केवल अंगूठे में लिपटा हुआ धागा ही बाकी बचा।

सारे मार्ग में भवनों के झरोखों से कुतूहल के साथ स्त्रियां बाहर झांक रही थीं। उनके चंचल नेत्रों से युक्त मुख ऐसे प्रतीत होते थे मानो झरोखों में ढेर के ढेर कमल टांग दिए गए हों, जिनपर भौंरे मंडरा रहे हों। उन मुखों से निकले आसव की गन्ध झरोखों से उभर रही थी।

इसके पश्चात् महादेव बड़े राजमार्ग पर पहुंच गए, जिसपर बहुत ऊंचा बन्दनवार सजा था और झंडियां फहरा रही थीं। दिन के समय भी महादेव ने अपने मस्तक पर विद्यमान चन्द्रमा की चांदनी से उन महलों के शिखरों की शोभा चौगुनी कर दी।

उस परम सुन्दर महादेव को अपनी आंखों से स्त्रियां पी-सी रही थीं और उन्हें अन्य किसी भी वस्तु का ध्यान नहीं था। ऐसा प्रतीत होता था, मानो उनकी अन्य सब इन्द्रियां भी आकर उनकी आंख में ही समा गई हों।

कोई सुन्दरी कहने लगी, ''पार्वती ने सुकुमार होकर भी इन्हें पाने के लिए जो घोर तपस्या की, वह ठीक ही थी। यदि कोई नारी इनकी दासी भी बन सके, तो उसका जीवन सफल है, फिर इनकी पत्नी बनने के सौभाग्य का तो कहना ही क्या!''

दूसरी बोली, ''इन दोनों का सौन्दर्य एक-दूसरे के अनुकूल ही है। यदि विधाता इस जोड़े को मिला न देता तो उसका इन दोनों को इतना सौन्दर्य प्रदान करना व्यर्थ ही हो जाता।''

एक और कहने लगी, ''महादेव क्रुद्ध होकर कामदेव को भस्म नहीं किया। मुझे तो ऐसा लगता है कि इनके सौन्दर्य को देखकर कामदेव लज्जा के मारे स्वयं ही जलकर भस्म हो गया है!''

किसी ने कहा, ''इन महादेव के साथ, जिन्हें लोग पाने की कामना किया करते हैं, सम्बन्ध स्थापित करके हिमालय का पहले से ही ऊंचा मस्तक और भी ऊंचा हो जाएगा।''

इस प्रकार औषधिप्रस्थ की सुन्दरियों के तरह-तरह की कर्ण-मधुर बातों को सुनते हुए महादेव हिमालय के महल में जा पहुंचे। यहां इतनी भीड़ थी कि

मंगलचार के रूप में जो खीलें बिखेरी गईं, वे लोगों की बांहों की रगड़ से ही पिसकर चूरा हो गई।

वहां पहुंचकर विष्णु ने हाथ का सहारा देकर महादेव को बैल से उतारा, मानो शरद ऋतु के मेघ पर से सूर्य नीचे उतर गया हो। फिर महादेव हिमालय के भवन के अन्दर पहुंचे। वहां ब्रह्मा पहले से ही बैठे हुए थे।

उनके पीछे की ओर इन्द्र इत्यादि देवताओं तथा सप्तर्षियों के साथ अन्य बड़े-बड़े ऋषियों और गणों ने हिमालय के भवन में उसी प्रकार प्रवेश किया, जैसे अच्छा कार्य करने के पीछे-पीछे उसका उत्तम परिणाम आता है।

वहां बिस्तर पर बैठकर महादेव ने विधिपूर्वक हिमालय द्वारा दी गई रत्नों से युक्त पूजा-सामग्री और मधु से युक्त दही तथा नये दुशाले को मन्त्र-पाठ करते हुए ग्रहण किया।

उसके बाद नये पट्ट वस्त्र पहने उन महादेव को अन्तःपुर के विनीत और कुशल सेवक वधू पार्वती के समीप उसी प्रकार ले गए, जैसे नई चन्द्रमा की किरणें झाग और लहरों वाले समुद्र को किनारे तक पहुंचा देती हैं।

उस कुमारी पार्वती के पूर्ण चन्द्र के समान मुख की कान्ति को देखकर महादेव के नयनरूपी कुमुद खिल उठे और चित्तरूपी जल उसी प्रकार स्वच्छ हो उठा जैसे, शरद् ऋतु में सरोवर में कुमुद खिल उठते हैं और जल निर्मल हो उठता है।

बीच-बीच में महादेव और पार्वती एक-दूसरे की ओर देखते थे और उनकी आंखें मिल जाती थीं। परन्तु कुछ देर आंखें मिलाए रखने के बाद वे अपने नयनों को अलग कर लेते थे, क्योंकि उन्हें लज्जा अनुभव होने लगती थी।

हिमालय ने पार्वती का हाथ पकड़कर महादेव के हाथ में दिया। उस लाल अंगुलियोंवाले हाथ को महादेव ने पकड़ लिया, जो कि ऐसा प्रतीत होता था कि पार्वती के शरीर में छिपकर बैठा हुआ कामदेव डरते-डरते अपने अंकुर निकाल रहा हो।

दोनों के हाथ परस्पर छूते ही पार्वती के रोएं खड़े हो गए और महादेव की अंगुलियां पसीने से गीली हो गईं। ऐसा लगा जैसे कामदेव ने उन दोनों को एकसाथ ही अपने काबू में कर लिया हो।

अन्य वरों और वधुओं के विवाह के समय स्मरण किए जाने पर जो महादेव और पार्वती विवाह की शोभा को बढ़ाते हैं, इस समय उन दोनों का अपना विवाह होने के अवसर पर जो विलक्षण शोभा थी, उसका वर्णन कर पाना सम्भव नहीं है।

ऊंची-ऊंची आग की लपटें उठ रही थीं। उनके चारों ओर प्रदक्षिणा करता हुआ महादेव और पार्वती का वह जोड़ा ऐसा प्रतीत हो रहा था, मानो दिन और रात एक-दूसरे के साथ जुड़े हुए मेरु पर्वत के चारों ओर चक्कर लगा रहे हों।

जब वे दोनो पति-पत्नी एक-दूसरे के स्पर्श का आंखें मूंदकर आनन्द लेते हुए अग्नि के चारों ओर तीन चक्कर लगा चुके तो पुरोहित ने वधू के हाथ से जलती हुई आग में खीलें डलवाईं।

उसके बाद पार्वती ने पुरोहित के कहने पर खीलों की गन्ध से भरे हुए उस धुएं को अपनी अंजली से भरकर मुख के पास ले जाकर सूंघा। वह धुआं उसके कपोलों के पास कुडंली बनाता हुआ क्षण-भर तक ऐसा प्रतीत हुआ, जैसे उसके कानों का आभूषण बन गया हो।

खीलों का धुआं सूघंने से पार्वती के गालों पर हल्का-सा पसीना चमक उठा। उसकी आंखों में लगा हुआ काला अंजन इधर-उधर फैल गया और उसके कानों पर रखे हुए जौ के अंकुर मलिन-से हो गए।

पुरोहित ने पार्वती से कहा, "बेटी, यह अग्नि तुम्हारे इस विवाह का साक्षी है। अब तुम सोच-विचार छोड़कर अपने पति महादेव के साथ सदा धर्माचरण करना।"

पार्वती ने पुरोहित का वह वचन अपने कानों को आंखों तक फैलाकर पी-सा लिया; जैसे ग्रीष्म ऋतु से तपी हुई पृथ्वी पहले-पहल हुई वर्षा के जल को अधीरता से पी लेती है।

उसके पश्चात् जब स्थिरचित्त महादेव ने पार्वती से ध्रुव का दर्शन करने के लिए कहा तो उसने मुंह ऊपर की ओर उठाकर लज्जा से रुंधे हुए गले से जैसे-तैसे इतना-भर कहा, "देख लिया।"

इस प्रकार सब विधियों को जानेवाले पुरोहित ने जब उनके विवाह की सम्पूर्ण विधि सम्पन्न करा दी तब उन दोनों ने जो समस्त संसार के माता-पिता हैं, कमलासन पर बैठे हुए ब्रह्मा को प्रणाम किया।

ब्रह्मा ने वधू पार्वती को आशीर्वाद दिया कि "हे कल्याणी, तुम वीर माता बनो।" परन्तु महादेव को क्या आशीर्वाद दिया जाय, यह बात ब्रह्मा वाणी के स्वामी होते हुए भी सोच न सके; और विचारमग्न रह गए।

इसके बाद वे दोनों चौक में बनी हुई एक सजी हुई वेदी पर आकर स्वर्ण के आसन पर बैठ गए और वहां उनके ऊपर गीले चावल छिड़कने की विधि पूरी की गई। लक्ष्मी ने स्वयं उन दोनों के ऊपर आकर कमल का छत्र लगा लिया।

उस छत्र की नाल खूब मोटी थी और उस छत्र के किनारों पर लगे हुए जलबिन्दु मोतियों की भांति चमक रहे थे।

उसके बाद सरस्वती ने दो प्रकार की वाणी में उस महादेव और पार्वती के युगल की स्तुति की। वर की स्तुति उसने शुद्ध संस्कृत भाषा में की और वधू की स्तुति सरल और सुबोध भाषा में।

इसके बाद उन दोनों ने अप्सराओं द्वारा खेला गया एक नाटक देखा, जिसमें अलग-अलग सन्धियों में अलग-अलग शैलियों का प्रयोग किया गया था और अनेक रसों के कारण जिसका आकर्षण बढ़ गया था और जिसमें सुन्दर नृत्य भी थे। यह पहला नाटक था।

उस नाटक की समाप्ति पर देवताओं ने हाथ जोड़कर अपने किरीटों समेत सिर भूमि पर रखकर महादेव से याचना की कि अब कामदेव के शाप की अवधि समाप्त हो गई है और आप उसे फिर जीवित करके अपनी सेवा में नियुक्त करें।

इस समय महादेव के हृदय में क्रोध नहीं था। उन्होंने उनकी यह प्रार्थना स्वीकर कर ली और कामदेव को यह अनुमति दी कि वह उनपर भी बाण चला सकता है। यदि स्वामी लोगों के सम्मुख उपयुक्त अवसर पर प्रार्थना की जाए तो वह सफल हो ही जाती है।

इसके बाद महादेव ने उन देवताओं को विदा दी और वे हिमालय की कन्या पार्वती को हाथ से पकड़े उस शयनागार में गए, जहां स्वर्ण से बने कलश रखे थे। जिसमें भूमि पर शय्या बिछी थी और उसमें पुष्पमालाएं टंगी हुई थीं।

उस भवन में पहुंकर महादेव ने पार्वती का मनोविनाद किया। वह नये-नये विवाह की लज्जा से और भी सुन्दर हो उठी थी। जब महादेव उसका आंचल हटाने लगते तो वह मुंह फेर लेती थी और अपनी बचपन की सखियों को भी बड़ी मुश्किल से ही कुछ उत्तर देती थी। उस समय महादेव के संकेत पर उनके गणों ने तरह-तरह से मुंह बनाए, जिसे देख-देखकर पार्वती मुंह छिपाकर हंसने लगी।

अष्टम सर्ग

विवाह की विधि पूरी हो जाने के उपरान्त पार्वती का शरीर महादेव के प्रति प्रेम के भाव तथा साथ ही झिझक और संकोच के कारण अत्यन्त मनोहर हो उठा।

बुलाने पर वह कुछ उत्तर नहीं देती थी और आंचल पकड़कर खींचने पर जाने का यत्न करती थी। उससे महादेव को आनन्द ही मिलता था।

कभी महादेव जान-बूझकर छल से आंखे मींचकर लेट रहते थे। तब पार्वती बड़े कुतूहल के साथ उनके मुख की ओर एकटक निहारने लगती थी। और जब महादेव सहसा मुस्कराकर आंखें खोल देते थे, तो वह चट से अपनी आंखें इस प्रकार मूंद लेती थी, मानो आंखें बिजली की चमक से मुंद गई हों।

सखियां कहती, ''सखि, एकान्त में महादेव के साथ बिना घबराए जैसा-जैसा हम कहती हैं वैसा-वैसा ही करना।'' परन्तु जब उसके बाद प्रिय महादेव उसके सम्मुख आते, तब उसे सखियों की सिखाई हुई उन बातों में से एक भी याद न रहती।

जब कभी बात चलाने के लिए महादेव कुछ भी यों ही चर्चा करने लगते, तब पार्वती उनकी बात का कुछ भी उत्तर बोलकर न देती। केवल उनकी ओर देखकर सिर हिलाकर ही 'हां' या 'ना' करती रहती।

कभी-कभी एकान्त में महादेव एकटक पार्वती का सौन्दर्य पान करने लगते तब लज्जा के मारे वह अपने दोनों हाथों से महादेव के दोनों नेत्रों को बन्द कर देती। पर तब महादेव अपना तीसरा नेत्र खोलकर देखने लगते और पार्वती का सारा यत्न व्यर्थ हो जाता।

प्रभात के समय जब सखियां उससे बीती हुई रात का हाल पूछती थीं, तो वह लज्जा के मारे उनका कुतूहल शान्त नहीं कर पाती थी, यद्यपि उसका मन सब कुछ सुना डालने को उतावला हो रहा होता था।

कभी-कभी वह दिन के समय दर्पण के सामने खड़ी होकर शिवजी द्वारा बनाए नखचिह्नों को देखा करती। और यदि उस समय कहीं पीठ के पीछे खड़े होकर महादेव उसे देख लेते, तो वह लज्जा के मारे न जाने क्या-क्या कुछ करने लगती।

महादेव उसके यौवन का भली भांति उपयोग कर रहे हैं, यह देखकर उसकी माता मेना को बड़ा सन्तोष होता, क्योंकि यदि वधू अपने पति को प्रिय हो तो उसकी माता का मन निश्चिंत हो जाता है।

कुछ ही दिनों में उन दोनों का एक-दूसरे के प्रति प्रेम इतना दृढ़ हो गया कि दोनों को एक-दूसरे को देखे बिना पल-भर भी कल न पड़ती थी और दोनों एक-दूसरे के वियोग में जरा देर में ही बेचैन हो उठते थे।

जिस प्रकार अपने अनुरूप वर महादेव से पार्वती प्रेम करती थी, उसी प्रकार महादेव भी उसको प्रेम करते थे। जाह्नवी सागर को छोड़कर और कहीं नहीं जाती और वह सागर भी उस जाह्नवी के मुख से निकले जल का ही आनन्द लिया करता है।

और कभी विहार करते समय पार्वती की अलकों में लगा हुआ पराग महादेव के मस्तक में विद्यमान तीसरे नेत्र में जा पड़ता था, जिससे नेत्र विकल हो उठता था, तब महादेव पार्वती से उसमें फूंक मारने को कहते थे और पार्वती अपने कमल की गन्धवाले मुख से फूंक मारकर ठीक कर दिया करती थी।

इस प्रकार इन्द्रियों को सुख देनेवाले उपायों का अवलम्बन करके महादेव ने कामदेव पर बड़ा उपकार किया। और इस प्रकार उमा के साथ समय व्यतीत करते हुए महादेव हिमालय के यहां एक मास-भर रहे।

इसके पश्चात् उन्होंने हिमालय से प्रस्थान की अनुमति मांगी। पार्वती घर छोड़कर जाएगी, इससे हिमालय को बहुत दुःख हुआ। परन्तु उसने अनुमति दे ही दी और महादेव पार्वती को साथ लेकर अपने विलक्षण गतिवाले बैल पर सवार होकर आकाश में उड़ते हुए जहां-तहां विहार करने लगे।

वहां से महादेव वायु के समान वेगवान् बैल पर चढ़कर मेरु पर्वत पर पहुंचे।

इसके बाद पार्वती के मुखकमल के भ्रमर महादेव मन्दराचल पर पहुंचें। यहां के पत्थरों पर विष्णु के पदचिह्न अंकित थे और ताजे अमृत के छींटें पड़े हुए थे।

इसके पश्चात् महादेव पार्वती को साथ लेकर कुबेर के पर्वत कैलास पर गए। वहां रावण की डरावनी हुंकार सुनकर पार्वती ऐसी डरी कि खूब जोर से

महादेव के गले से लिपट गई। वहां उन्होंने चांदनी का खूब आनन्द लिया।

इसके बाद जब एक बार मलय पर्वत पर पहुंचे, तो वहां पर चन्दन के पेड़ों की शाखाओं को कम्पित करने वाले दक्षिण पवन ने पार्वती की थकान उसी प्रकार दूर की, जिस प्रकार कोई मधुरभाषी चाटुकार अपने स्वामी का मन बहलाता है। उस पवन में लवंग और केसर की मादक गन्ध भरी हुई थी।

कभी पार्वती आकाश-गंगा में स्नान करती और सुनहले कमलों से महादेव को मारती, बदले में महादेव हाथों से खूब जोर-जोर से पानी उछालते, जिससे पार्वती की आंखें मिंच जातीं। उस समय मछलियां पार्वती की कमर के आसपास आकर इस प्रकार इकट्ठी हो जाती, जिससे ऐसा प्रतीत होता, मानो उसने एक और करधनी पहन ली है।

कभी महादेव नन्दन वन में जाकर पार्वती का पारिजात के उन पुष्पों से शृंगार करते, जिनसे इन्द्र की पत्नी शची का शृंगार हुआ करता था। उस समय उन्हें देवांगनाएं बड़ी चाह-भरी दृष्टि से देखा करतीं।

इस प्रकार महादेव अपनी पत्नी के साथ पार्थिव तथा दिव्य सुख का आनन्द ले चुकने के पश्चात् एक बार सांयकाल के समय, जब सूर्य की धूप अरुण हो चली थी, गन्धमादन पर्वत पर जा पहुंचे।

वहां महादेव एक बड़ी-सी शिला पर बैठ गए। पार्वती उनके बाईं ओर उनकी बांह का सहारा लेकर बैठ गईं। उस समय सूर्य की कान्ति इतनी मन्द हो गई थी कि उसकी ओर सरलता से देखा जा सकता था। उसीकी ओर देखते हुए महादेव पार्वती से कहने लगे:

"पार्वती! देखो, एक-तिहाई लाल भागवाली तुम्हारी इन आंखों से होड़ करनेवाले कमलों की शोभा को मलिन करता हुआ सूर्य उसी प्रकार दिन को समेट रहा है, जिस प्रकार प्रजापति ब्रह्मा प्रलयकाल में सारे संसार को समेट लेते हैं।

"सूर्य के नीचे की ओर झुक जाने के कारण उसकी किरणें अब हिमालय के प्रपातों से उड़नेवाली फुहारों पर पड़नी बन्द हो गई हैं और इसीलिए उन फुहारों पर सूर्य-किरणों के पड़ने से जो इन्द्रधनुष बन रहे थे, वे भी अब छिप गए हैं।

"कमलों का पराग अपनी चोंच में भरे ये एक-दूसरे से अलग होते हुए चकवा-चकवी आर्त विलाप कर रहे हैं। इस समय विरह-व्याकुल होने के कारण इन दोनों के बीच के सरोवर का छोटा-सा पाट भी इन दोनों को बहुत बड़ा प्रतीत होने लगा है।

"ये हाथी ,जो दिन-भर सल्लकी के पेड़ों को तोड़ते रहते थे और उन टूटे

वृक्षों की गंध से आसपास का सारा स्थान भर उठा था, अब अपने दिन में विश्राम करने के स्थान को छोड़कर पानी पीने के लिए उन सरोवरों की ओर चल पड़े हैं जिनके कमलों में बन्द हुए भ्रमर सो रहे हैं। अब ये हाथी प्रभातकाल होने तक वनों में ही घूमते रहेंगे।

''हे मितभाषिणी, वह उधर देखो, पश्चिम दिशा में नीचे की ओर झूलते हुए सूर्य ने अपने प्रतिबिम्बों द्वारा सरोवर के जल में कैसा सुनहला सेतु-सा बना दिया है!

ये जंगली सूअरों के यूथपति दिन-भर की धूप कीचड़ में लोट-लोटकर बित देने के बाद अब जोहड़ों में से निकल-निकलकर बाहर आ रहे हैं। इनके लम्बे दांत ऐसे प्रतीत हो रहे हैं, मानों इनकी दाढ़ों में चबाई हुई कमलनाल के टुकड़े फंसे रह गए हैं।

''हे पार्वती, वह देखो उधर वृक्ष की चोटी के ऊपर बैठा हुआ मोर ऐसा लगता है जैसे धूप को पिए जा रहा है और इसीलिए धूप घटती जा रही है और दिन छिप रहा है। उस मोर के पंखों में बनी चन्द्रिकाएं पिघले हुए सोने की भांति चमक रही हैं।

''आकाश में पूर्व की ओर अंधेरा दिखाई पड़ने लगा है और पश्चिम की ओर अभी प्रकाश शेष है। ऐसा प्रतीत होता है मानो यह आकाश एक विशाल सरोवर हो, जिसका पानी धूप से सूखता जाने के कारण एक ओर तो कीचड़ दिखाई पड़ने लगी हो और दूसरी ओर थोड़ा-सा जल शेष हो।

''इस समय आश्रमों की शोभा विचित्र हो उठी है। कुटियाओं के आंगन में जंगल से लौट-लौटकर हिरन घुस रहे हैं। वृक्षों की जड़ें पानी देने से गीली हो उठी हैं। दूध देने वाली गौएं आश्रम में लौट रही हैं और जगह-जगह यज्ञ की अग्नि प्रज्वलित हो उठी है।

''इस सन्ध्या के समय यद्यपि कमलों के फूल मूंदकर बन्द होने लगे हैं फिर भी अभी उनमें ऊपर थोड़ा-सा छेद बाकी है, जो मानो प्रेमपूर्वक इसीलिए खुला हुआ है, जिससे रात के समय निवास के लिए उत्सुक भ्रमर उससे आ जाएं।

''दूर पर सूर्य की बहुत थोड़ी-सी झलक दिखाई पड़ रही है। उससे पश्चिम दिशा ऐसी प्रतीत हो रही है, मानो कोई कन्या हो, जिसने माथे पर पराग से भरे हुए बन्धुजीव फूल का तिलक लगाया हुआ हो।

''इस समय ये बालखिल्य ऋषि, जो इकट्ठे हजारों की संख्या में साथ रहते हैं, सूर्य के घोड़ों को प्रिय लगनेवाले सामदेव के मन्त्र गाकर सूर्य की स्तुति कर

रहे हैं, जो अपना तेज अग्नि को देकर अस्ताचल की ओर जा रहा है।

''इस समय सूर्य के घोड़े नीचे की ओर सिर किए उतर रहे हैं, जिससे उनके माथे के बाल नीचे की ओर झुक गए हैं, उनकी कानों की चौंरियां रह-रहकर आंखों के सामने आ जाती हैं। उनके अयाल कंधे पर जुए से छितरा गए हैं। उन घोड़ों के रथ पर सवार सूर्य दिवस को महा समुद्र में डुबोकर अस्त हो रहा है।

''सूर्य के अस्त होते ही सारा आकाश सो गया-सा प्रतीत होने लगा है। बड़े-बड़े तेजस्वियों का यही हाल होता है कि जब तक ऊंची स्थिति में रहते हैं, तब तक सब ओर प्रकाश रखते हैं और जब वे पदच्युत हो जाते हैं तो सब ओर अंधेरा छा जाता है।

''सूर्य का वन्दनीय मंडल जब अस्ताचल पर जाकर छिप गया, तो अब यह सन्ध्या भी उसके पीछे-पीछे ही चली जा रही है। जिसने अपने उदय के समय इस सन्ध्या को अपने आगे रखा था, उसकी विपत्ति के समय यह उसके पीछे-पीछे क्यों नहीं जाएगी?

''हे घुंघराली अलकोंवाली पार्वती! वह देखो, बादलों के किनारे कैसे लाल, पीले भूरे रंगों में रंग उठे हैं। लगता है कि इस संध्या ने यह सोचकर इन्हें कूंची से रंग दिया है कि तुम इन्हें देखोगी और प्रसन्न होओगी।

''अस्त होते हुए सूर्य ने अपना सन्ध्याकाल का प्रकाश मानो सिंहों की केसरों में और नवपल्लवों से भरे हुए वृक्षों में तथा पर्वतों के गेरू से रंगे हुए शिखरों में बांट दिया है, जिससे ये सब अरुणाभ हो उठे हैं।

''हे पार्वती, वह देखो, उधर से सब तपस्वी सूर्य को पवित्र जल चढ़ा रहे हैं और आत्मशुद्धि के लिए इस सन्ध्या समय ब्रह्म का ध्यान करते हुए विधिपूर्वक मन्त्र पाठ कर रहे हैं।

''इसलिए तुम इस समय मुझे कुछ देर के लिए अनुमति दो कि मैं भी संन्ध्या कर डालूं। इतनी देर तक ये कुशल सखियां तुम्हारा मन बहलाती रहेंगी।''

यह सुनकर पार्वती ने दांतों से अपना होंठ दबा लिया और ऐसा प्रदर्शित किया मानो महादेव की बात उसने सुनी ही नहीं है और पास बैठी हुई अपनी सखी विजया से यों ही कुछ की कुछ बातचीत करने लगी।

महादेव ने भी अपनी सायंकालीन सन्ध्या विधिपूर्वक मन्त्र पढ़ते हुए समाप्त की ओर उसके बाद फिर पार्वती के पास आकर, जो रूठकर मुंह फैलाए बैठी थी, मुस्कराते हुए कहने लगे–

''हे अकारण रूठनेवाली, अपना क्रोध त्याग दो। मैंने इस सन्ध्या को ही तो प्रणाम किया है, अन्य किसी स्त्री को नहीं। क्या तुम्हें मालूम नहीं है कि मैं तुम्हारा उसी प्रकार प्रेमी हूं, जैसे चकवा-चकवी का प्रेमी होता है।

''हे मानिनी, जिस समय स्वयंभू ब्रह्मा ने पितरों का निर्माण किया था, उसी समय उन्होंने एक और छोटी-सी अपनी मूर्ति बनाई थी। वही मूर्ति अब उदय और अस्त के समय प्रकट होती है। इसी से मैं उसका आदर करता हूं।

''हे पार्वती, देखो इस समय वह सन्ध्या एक ओर से बढ़ते हुए अन्धकार के कारण छिपती-सी जा रही है। ऐसा प्रतीत होता है मानो कोई गेरु की नदी बह रही हो, और उसके एक किनारे पर तमाल वृक्षों का घना वन खड़ा हुआ हो।

''पश्चिम दिशा में सन्ध्या की, अस्त होने से बची हुई प्रकाश की एक लाल लकीर-सी दिखाई पड़ रही है। ऐसा प्रतीत होता है मानो युद्धभूमि में खून से रंगी हुई लाल तलवार टेढ़ी करके पृथ्वी पर डाल दी गई हो।

''हे विशाल नयनोंवाली पार्वती, इस समय रात्रि और दिन के सन्धिकाल का प्रकाश सुमेरु के पीछे छिप गया है। इसलिए सब दिशाओं में घना अंधेरा निरंकुश होकर फैलता जा रहा है।

न ऊपर कुछ दिखाई पड़ता है, न नीचे; न दायें, न बायें; न आगे और न कुछ पीछे ही दिखाई पड़ता है। सघन अंधकार से घिरा हुआ यह संसार ऐसा प्रतीत हो रहा है, मानो रात्रि के गर्भ में पड़ा हुआ हो।

''शुद्ध और मलिन, स्थिर और चंचल, टेढ़ी और सीधी सभी प्रकार की वस्तुएं इस अंधकार के कारण एकसमान हो गई हैं। दुष्टों के महत्वपूर्ण पद पर पहुंचने को धिक्कार है। इसके कारण भले और बुरे में कोई भेद नहीं रहता।

''हे कमलानने, वह देखो! पूर्वदिशा का मुखभाग केवड़े के पराग से रंग गया-सा दिखाई पड़ने लगा है। अवश्य ही रात्रि के अन्धकार को दूर करने के लिए चन्द्रमा निकलने लगा है।

''इस समय चन्द्रमा मन्दराचल की ओट में है और तारों से भरी हुई यह रात ऐसी प्रतीत हो रही है, जैसे तुम अपनी प्यारी सखियों के साथ बातचीत कर रही हो और मैं पीठ पीछे खड़ा होकर उन बातों को सुन रहा होऊं।

''दिन छिपने से पहले चन्द्रमा निकल नहीं सका। अब निकला हुआ यह ऐसा प्रतीत हो रहा है कि मानों चांदनी के रूप में मुस्कराता हुआ रात्रि के पूछने पर उसे पूर्वदिशा के रहस्य बतला रहा हो।

''देखो, चन्द्रमा का रंग इस समय पके हुए प्रियंगु के फल के समान लाल

है और उसका प्रतिबिम्ब सरोवर के जल में पड़ रहा है। चन्द्रबिम्ब के आकाश में होने और प्रतिबिम्ब के सरोवर के जल में होने से प्रतीत हो रहा है, मानो चकवा-चकवी का जोड़ा एक-दूसरे से दूर जा पड़ा हो।

''इस नये उदित हुए चन्द्रमा की किरणें नये जौ के अंकुरों के समान कोमल हैं और तुम चाहो तो उन्हें अपने कानों पर सजाने के लिए नाखूनों से तोड़ सकती हो।

''ऐसा प्रतीत होता है मानो चन्द्रमा अपनी किरणरूपी अंगुलियों से निशा के तिमिररूपी बालों को एक ओर समेटकर उसके मुख को चूम रहा हो; और वह निशा आनन्दित होकर अपने कमलरूपी नयनों को मूंदकर लेटी हुई हो।

''पार्वती, देखो इस प्रकार ऊपर उठते हुए चन्द्रमा की किरणों से आकाश का घना अंधकार किस प्रकार फट गया है! ऐसा प्रतीत होता है मानो हाथियों के स्नान से मैला हुआ मानसरोवर का जल धीरे-धीरे स्वच्छ होता जा रहा हो।

''इस चन्द्रमा की लाली समाप्त हो गई है और अब इसका मंडल शुद्ध होकर चमकने लगा है। शुद्ध स्वभाववाले व्यक्तियों में यदि किसी समय कोई विकार आ भी जाए, तो वह स्थायी नहीं होता।

''इस समय पर्वत के ऊंचे भागों पर चन्द्रमा की चांदनी पड़ रही है और नीचे स्थलों में, घाटियों और नालों में रात्रि का अंधकार भरा हुआ है। विधाता ने गुणों और दोषों को उनके अनुकूल ही स्थान दिया है।

''इस समय चन्द्रमा की किरणों के स्पर्श के कारण चन्द्रकान्त मणियों में से जल गिर रहा है, जिससे पर्वत के निचले भागों में खड़े पेड़ों पर सोए हुए मोर वर्षाकाल आया समझकर असमय में ही जाग उठे हैं।

''सुन्दरी! देखो, इस समय चन्द्रमा की किरणें कल्पवृक्ष की चोटियों पर चमक रही हैं। ऐसा प्रतीत होता है, मानों वहां चन्द्रमा अपनी किरणों में फूल पिरो-पिरो कर हार बनाना चाह रहा है।

''पहाड़ कहीं ऊंचा है कहीं नीचा, इसलिए कहीं चादनी छिटक रही है और बीच-बीच में कहीं अन्धकार भरा हुआ है। ऐसा दिखाई पड़ता है मानो किसी मतवाले हाथी के शरीर पर रंग-बिरंगी चित्रकारी की गई हो।

''इस कुमुद ने चन्द्रमा की चांदनी का रस खूब पेट भर-भरकर पिया था। अब यह उसे पचा नहीं पा रहा है, इसलिए कुमुद फट-सा पड़ा है और इसके अन्दर से गुनगुनाता हुआ भौंरा निकल रहा है।

''हे पार्वती, उधर देखो, शुभ्र चांदनी कल्पवृक्ष पर लटके हुए रेशमी वस्त्रों के साथ एकाकार हो गई है। जब जोर की हवा चलती है, तभी चांदनी और

वस्त्रों का भेद प्रकट होता है; क्योंकि वस्त्र वायु से हिलने लगते हैं और चांदनी ज्यों की त्यों रहती है।

"इस समय वृक्षों के नीचे, पत्तियों के बीच में से होकर आनेवाली चांदनी ऐसी प्रतीत होती है, मानो फूल झरकर भूमि पर पड़े हुए हों। इस समय फूलों की पंखुरियों के समान इस बिखरी हुई चांदनी को तुम्हारे बालों में भी गूंथा जा सकता है।

"हे सुमुखि, इस समय ये जगमगाती हुई तारिकाएं चन्द्रमा के पास उसी प्रकार दिखाई पड़ रही हैं, जैसे विवाह के उपरान्त कोई कन्या पहले-पहल घबराहट के साथ कांपती हुई अपने वर के पास पहुंचती है।

"हे पार्वती, तुम तो चन्द्रबिम्ब की ओर आंखें लगाए देख रही हो, इससे तुम्हारे गालों पर चांदनी चढ़ती-सी जा रही है। तुम्हारे ये गात पहले ही पके हुए सरकंडे के रंग के समान शुभ्र हैं और स्वाभाविक आनन्द से खिले-से जा रहे हैं।

"यह गन्धमादन वन की अधिष्ठात्री वनदेवी तुम्हें यहां बैठे देखकर लोहितार्क मणि से बने पात्र में कल्पवृक्ष का आसव लेकर उपस्थित हुई है।

"वैसे तो हे विलासिनी, तुम्हारा मुख पहले से ही गीले केसर को-सी गन्ध से युक्त है और नयन स्वभावतः ही मद से भरे और लाली लिए हुए हैं। यह आसव पीने पर भी तुम्हारी शोभा में और क्या वृद्धि कर पाएगा?

"फिर भी सखियों के प्रेम का निरादर नहीं करना चाहिए। लो, काम को उत्तेजित करने वाले इस आसव का पान कर लो।" बड़े मधुर ढंग से यह कहते हुए महादेव ने पार्वती को आसव पिलाया।

जैसे नियति के विचित्र कौशल से आम्र का वृक्ष वसन्त में कुसुमित होकर सहकार बन जाता है, उसी प्रकार उस आसव को पीकर पार्वती के शरीर में जो परिवर्तन हुए, उनसे वह और भी मनोहर हो उठी।

कुछ ही देर में पार्वती महादेव तथा आसव का मद इन दोनों के वशीभूत हो गई। महादेव उसे शयनागार की ओर ले चले। आसव के कारण उसे नींद-सी आने लगी। महादेव के प्रति उसका प्रेम बढ़ गया और मद से उसके मुख पर लाली आ गई।

पार्वती के नयन घूम रहे थे। उसकी आवाज़ लड़खड़ा रही थी। मुख पर स्वेदबिन्दु झलक आए थे और वह रह-रहकर मुस्करा रही थी। महादेव कुछ देर तक तो उसे केवल देखते ही रह गए।

पार्वती ने कटि में मेखला पहनी हुई थी और वह नितम्बों के भार के कारण

धीरे-धीरे चल रही थी उसे लेकर महादेव मणिमालाओं से बने हुए विलास-भवन में पहुंचे।

वहां वे अपनी प्रिया को साथ लेकर हंस के पंखों की श्वेत शय्या पर लेट गए, जो देखने में गंगा की रेती के समान सुन्दर दीख रही थी। उस बिस्तर पर लेटे हुए वे ऐसे प्रतीत हो रहे थे, मानो चन्द्रमा शरद्‌ऋतु के मेघ पर विश्राम कर रहा हो।

जब प्रभातकाल में स्वर्ण-कमल खिलने लगे और किन्नर लोग आलाप ले-लेकर उनके स्तुति-गीत गाने लगे, तब देवताओं के पूजनीय महादेव जाग उठे।

उस समय गन्धमादन के वनों से बहता हुआ वायु आने लगा, जिससे मानसरोवर में तरंगें उठ रही थीं। उस वायु का स्पर्श पाकर कमलों के समूह खिलते जा रहे थे। महादेव और पार्वती भी उस वायु का आनन्द लेने लगे।

इस प्रकार पार्वती के साथ दिन-रात लगातार रहते हुए महादेव के सौ वर्ष इस प्रकार बीत गए, जैसे एक ही रात बीती हो परन्तु उनकी आनन्द-भोग की इच्छा उसी प्रकार शान्त नहीं हुई, जैसे सुमद्र की आग समुद्र की जलराशि से शान्त नहीं होती।

नवम-दशम सर्ग*

जब महादेव पार्वती के साथ इस प्रकार आनन्द में मग्न थे, उसी समय उनके कमरे में एक कबूतर घुस आया। महादेव पहचान गए कि कबूतर अग्नि है और वह लज्जा के कारण पार्वती से अलग हो गए। वे क्रुद्ध होकर अग्नि को कुछ दण्ड देते, इससे पहले ही उसने अत्यन्त विनीत भाव से बताया कि मैं इन्द्र के आदेश से यहां आया हूं। देवता प्रार्थना करते हैं कि आप अपना पुत्र उत्पन्न करें। महादेव ने पुत्र उत्पन्न करने का संकल्प किया। उन्होंने अपना वीर्य अग्नि को दे दिया। अग्नि ने उसे ले जाकर गंगा में डाल दिया। उस समय गंगा में छहों कृत्तिकाएं स्नान कर रहीं थीं। वह वीर्य उनके पेट में जाकर गर्भ बन गया। उन्हें अपने पतियों से भय लगा और वे अपने-अपने गर्भों को सरकंडों के जंगल में छोड़ आईं।

---

* कुमारसंभव के 9 से 17 सर्ग कालिदास के ही रचे हुए हैं या नहीं, यह विषय विवादास्पद होने के कारण, हम इस सर्गों का केवल कथासार दे रहे हैं ताकि पुस्तक क तारतम्य बना रहे।

एकादश सर्ग

कृत्तिकाओं ने सरकंडों के जंगल में अपने गर्भ छोड़ दिए थे, वे ऐसे तेजस्वी बन गए कि उनकी आभा सैकड़ों सूर्यों से भी अधिक थी और छः मुखों के कारण वे ब्रह्मा से भी अधिक बड़े प्रतीत हो रहे थे।

तब इन्द्र आदि देवताओं ने विनयपूर्वक गंगा से अनुरोध किया कि उस शिशु का पालन-पोषण करे। गंगा ने स्त्री का रूप धारण करके उस बालक को अमृत के समान अपना दूध पिलाना आरम्भ किया। वह छः मुखोवाला कुमार गंगा का दूध पीता हुआ बहुत तेजी से बढ़ने लगा। फिर बाद में छहों कृत्तिकाएं भी आकर उसकी सेवा करने लगीं। तब उसका रूप कुछ और ही अद्‌भुत हो उठा। उस दिव्य रूपवाले कुमार को देखकर अग्नि, गंगा और कृत्तिकाओं की आंखों में आनन्द के आंसू भर आते थे और उनमें परस्पर यह विवाद होने लगता था कि यह मेरा पुत्र है।

इन्हीं दिनों एक बार महादेव पार्वती के साथ मन के समान वेगवान विमान पर चढ़े हुए आकाश में विचरण करते हुए उस ओर जा पहुंचे। छः मुखवाले उस कुमार को देखकर महादेव और पार्वती की आंखें पुत्र-वात्सल्य के कारण आंसुओं से छलछला आईं। पार्वती ने महादेव से पूछा, ''यह दिव्य देहवाला अद्‌भुत बालक कौन है? यह किस सौभाग्यशाली का पुत्र है और इसकी माता कौन सौभाग्यवती है? ये अग्नि, गंगा और कृत्तिकाएं इसे अपना पुत्र बनाने के लिए क्यों इतना विवाद कर रहीं हैं? यह बालक इन्हीं में से किसी का पुत्र है, या अन्य किसी देव, दैत्य, गंधर्व, सिद्ध या राक्षस का पुत्र है?''

पार्वती के इस कुतूहल-भरे प्रश्न को सुनकर महादेव के मुख पर मुस्कान दौड़ गई और वे बोले, ''यह बीर पुत्र तुम्हारा ही है। तुम्हीं इसकी वीर माता हो। तुम्हारे अतिरिक्त और कौन ऐसा पुत्र उत्पन्न कर सकता है, जो देवताओं

का कल्याण करे? रत्न तो रत्नाकर से ही उत्पन्न होता है।"

इसके बाद महादेव ने पार्वती को कुमार के जन्म का सम्पूर्ण वृत्तान्त सुनाया कि किस प्रकार कृत्तिकाएं अंत में उसे जंगल में छोड़ आई थीं। सुनकर पार्वती को बड़ा आनन्द हुआ और वह चट से विमान से उतरकर उस श्रेष्ठ पुत्र कुमार को अपनी गोद में लेने के लिए बेचैन हो उठी। जब पार्वती कुमार को अपनी गोद में लेने लगी तो आकाश में सब देवता सिर झुकाकर और हाथ जोड़कर उसे प्रणाम करने लगे। गंगा, अग्नि और कृत्तिकाओं ने भी अपना विवाद बन्द करके पार्वती को प्रणाम किया। परन्तु पुत्र-स्नेह से अधीर पार्वती का ध्यान उसकी ओर गया ही नहीं। पुत्र को पाकर कौन माता अपने आनन्द में सुध-बुध नहीं खो बैठती!

पुत्र को गोद में लेकर विस्मय और आनन्द के मारे पार्वती की आंखों में आंसू भर आए। इसलिए अपने हाथों में लिए हुए पुत्र को भी कुछ देर तक तो वह देख ही नहीं पाई, केवल कलियों के समान कोमल अपने हाथ से पुत्र की देह को सहला-सहलाकर वह अपूर्व आनन्द का अनुभव करती रही। कुछ देर बाद जब वह कुमार उसे दिखाई पड़ा तो, विस्मय और आनन्द से उसका गला रुंध गया। उसकी आंखों से आंसुओं की धार बहने लगी और उसके हृदय में वात्सल्य का समुद्र उमड़ पड़ा। पुत्र को देखते हुए उसकी यह इच्छा होने लगी कि किसी प्रकार उसे हजार नेत्र प्राप्त हो सकते! पुत्र को देखकर किस माता का मन तृप्त हो पाता है! अपने जिन हाथों से पार्वती प्रणाम के समय झुके हुए देवताओं और दैत्यों को उनकी पीठ छूकर आशीर्वाद दिया करती थी, उन्हीं से पूर्णिमा के चन्द्रमा के समान उस बालक को उठाकर पार्वती ने अपनी गोद में बिठा लिया। उस पुत्र को गोद में लेते ही उसके रोम-रोम से वात्सल्य उमड़ने लगा; उसका हृदय आनन्द के अमृत से भर उठा और उसके स्तनों से दूध की धार बहने लगी। जब कुमार जगन्माता पार्वती के स्तनों से दूध पीने लगा तब गंगा और कृत्तिकाएं बड़ी ईर्ष्या से उसकी ओर देखने लगीं। महादेव की हृदयेश्वरी पार्वती अपने कमल के समान एक मुख से कुमार के छहों मुखों को बारी-बारी से चूमने लगीं जो ऐसे प्रतीत होते थे मानो उन पांचों कमलों के बीच में से उनकी आभा ही छठा कमल बनकर फूट पड़ी हो। कुमार को गोद में लिए हुए पार्वती ऐसी सुन्दर दिखाई पड़ रही थी, मानो सुमेरु पर्वत पर उगी हुई स्वर्णलता में फल लगा हुआ हो या आकाश-गंगा में कोई कमल खिल उठा हो या पूर्व दिशा में पूर्णिमा का चन्द्रमा उदित हुआ हो। पुत्र को लेकर पार्वती महादेव के हाथ का सहारा लेकर विमान पर चढ़ गई। उन दोनों को ऐसा चाव ही था कि कभी तो पार्वती उसे महादेव

की गोद से उठा लेती थी और महादेव कभी उसे पार्वती की गोद से ले लेते थे। महादेव पार्वती के साथ कैलाश पर लौट आए और वहां ऊंचे पर्वत-शिखरों पर बने महलों में बैठकर उन्होंने अपने गणों को आदेश किया कि पुत्र-जन्म का उत्सव खूब धूमधाम के साथ मनाया जाए।

पुत्र जन्म का उत्सव बड़े आनन्द और धूमधाम से मनाया गया। शिव के गणों ने स्फटिक से बने महलों को रंग-बिरंगें कपड़ों से और कल्पवृक्ष के फूलों और पत्रों से बनी सुनहरी बन्दनवारों से सजाना प्रारम्भ कर दिया। गणों ने जोर-जोर से नगाड़े बजाने प्रारम्भ कर दिए, जिनकी ध्वनि दसों दिशाओं में फैलकर पुत्रोत्सव की सूचना देने लगी। पार्वती के महल में गंधर्वों और विद्याधरों की स्त्रियां एकत्र होकर मंगल-गीत गाने लगीं। लोक-माताओं ने आकर अपने हाथ से पार्वती के कुमार के मस्तक पर दूर्वा और अक्षत से तिलक किया। उस समय अंक्य, आंलिग्य और ऊर्ध्वक नाम के अनेक वाद्य बज रहे थे और अप्सराएं मधुर गीत गाती हुई रसमग्न होकर हाव-भाव प्रदर्शित करती हुई नृत्य कर रही थीं। उस समय सुखद पवन बहने लगा, दिशाएं स्वच्छ हो गईं; अग्नि का धुआं समाप्त हो जाने से उसकी चमक बढ़ गई; जल निर्मल हो उठा और आकाश भी मेघों से शून्य होकर स्वच्छ हो गया। जगह-जगह शंख और दुन्दुभियां बजने लगीं और देवता लोग भी विमानों द्वारा आकाश से फूल बरसाने लगे। इस प्रकार शिव और पार्वती के पुत्र-जन्म के उत्सव पर समस्त चराचर संसार आनन्दित हो उठा, परन्तु तारकासुर की राजलक्ष्मी भय से सिहर उठी।

उसके बाद वह बालक तरह-तरह की मनोहर और विचित्र लीलाएं करता हुआ बढ़ने लगा। शिव और पार्वती उसे देखकर प्रसन्न होते थे और प्रेम से उन्मत्त होकर सुन्दर मुख को बार-बार चूमा करते थे। कभी वह कुमार लड़खड़ाकर गिरता, कभी खड़ा होकर सीधा चलता, कभी कांपने लगता और कभी अकड़कर चलता। उसकी इस प्रकार की गतियों को देखकर शिव और पार्वती फूले न समाते। वह बिना बात हंसा करता, जिससे उसका मुख पूर्णिमा के चन्द्रमा के समान दिखाई पड़ने लगता। घर के आंगन में खेल-खेलकर वह अपने सारे शरीर को धूल से भर लेता। उनकी गोद में बैठकर बार-बार कुछ-कुछ बोलता, जिसका अर्थ समझ में नहीं आता था। फिर भी उससे माता-पिता का आनन्द बढ़ता ही था। कभी वह शिव के वाहन बैल के सींगों को पकड़ता और कभी पार्वती के सिंह की गर्दन के बालों को सहलाता। कभी वह भृङ्गी की चोटी पकड़कर खींचने लगता। यह देख-देखकर शिव और पार्वती खूब प्रसन्न होते। कभी वह मुंह खोलकर 'एक'

'नौ' 'दो' 'दस' 'पांच' 'सात' इस प्रकार शिव के कंठ में पड़े हुए नागों के दांतों की पंक्ति को उत्सुकता के साथ गिना करता। कभी शिव के कंठ में पड़ी मुंडमाला के मुखों में से मोती समझकर वह दांत उखाड़ने का यत्न करता। कभी वह शिव के सिर से बहने वाली गंगा की धारा में अपना हाथ डाल देता और जब ठंड के कारण उसकी अंगुलियां सुन्न होने लगतीं, तो वह उन्हें शिव के धधकते हुए तीसरे नेत्र के सामने रखकर फिर गर्म कर लेता। जब कभी शिव कुछ कन्धा झुकाकर बैठे होते और उनके जटाजूट के साथ-साथ चन्द्रमा की कला भी नीचे को लटक आती तो वह उसे कुतूहल के साथ बड़ी देर तक चूमता रहता।

पुत्र की इन सुन्दर और मनोरम बाल-कीड़ाओं को देखते हुए शिव और पार्वती को यह सुध भी न रही कि दिन और रात किस प्रकार बीतते चले गए। वह कुमार इस प्रकार की लीलाएं करता हुआ छः दिन में ही पूर्ण बुद्धिमान् और युवा हो गया। छह दिन में ही उसे सब शास्त्रों और शस्त्रविद्याओं का पूरा ज्ञान हो गया।

द्वादश सर्ग

जैसे प्यास से व्याकुल होने पर चातक मेघ की ओर दौड़ता है, उसी प्रकार तारकासुर के उपद्रवों से दुःखी होकर सब देवताओं के साथ देवराज इन्द्र भी महादेव के पास जा पहुंचे। तारकासुर का भय इतना अधिक फैला हुआ था कि देवताओं को आकाश में आते-जाते भय मालूम होता था, इसलिए जैसे-तैसे वे बादलों के बीच में छिपते हुए कैलाश पर्वत पर जा उतरे। यह पर्वत शिव और पार्वती की चरण-धूलि के कारण अत्यन्त पवित्र हो गया था। ग्रीष्मऋतु में जैसे पिपासाकुल पथिक पानी की ओर भागता है, उसी प्रकार इन्द्र विमान से उतरकर महादेव के भवन की ओर तेजी से चले। कैलाश पर्वत स्फटिकों से बना हुआ था। उनमें इन्द्र को अपने अनगिनत प्रतिबिम्ब दिखाई पड़ रहे थे। चलते-चलते इन्द्र महादेव के भवन के द्वार पर पहुंच गए। यहां रंग-बिरंगें रत्न द्वार में जड़े हुए थे और हाथ में विशाल स्वर्ण-दंड लिए नन्दी द्वारा पर बैठे थे। इन्द्र को देखकर नन्दी ने अपना स्वर्णदंड एक ओर रख दिया और बड़े आदर से आगे बढ़कर इन्द्र का स्वागत किया और उसके बाद स्वयं भवन के अन्दर जाकर महादेव को इन्द्र के आगमन की सूचना दी। महादेव ने भौंहों के संकेत से इन्द्र को अन्दर ले आने का आदेश दिया और देवताओं समेत इन्द्र महादेव के सम्मुख जा पहुंचे।

महादेव का सभा-मंडप रत्नों से जटित था। वहां चंडी, भृङ्गी इत्यादि अनेक गण बैठे थे। उनके आकार-प्रकार एक से एक अद्‌भुत थे। शिव के सिर पर जटाजूट में अनेक नाग लिपटे हए थे। उनके फनों पर देदीप्यमान मणियां जगमगा रही थीं, जिससे वह जटाजूट सुमेरु पर्वत के शिखर के समान प्रतीत होता था। जटा के अगले भाग में ऊंची-ऊंची तंरगें उछालती हुई गंगा शरद्‌ऋतु के मेघों के समान श्वेत झाग उठाती हुई बह रही थी; मानो पार्वती की हंसी उड़ा रही हो कि तुम तो शिव की गोदी में ही बैठी हो और मैं उनके सिर के ऊपर हूं। शिव के मस्तक

पर सुशोभित चन्द्रमा की कान्ति जब गंगा की तरंगों में पड़ती थी, तो उससे चन्द्रमा के अननित प्रतिबिम्ब बनकर चमकने लगते थे। शिव के मस्तक पर प्रलय की अग्नि के समान शिव का वह तीसरा नेत्र चमक रहा था जिससे कामदेव जलकर राख हो गया था। इस नेत्र की चमक के सामने सूर्य और चन्द्रमा की चमक फीकी पड़ जाती थी। उन्होंने अपने कानों में दो बहुमूल्य रत्नजटित कुंडल पहने हुए थे, जो सूर्य और चन्द्रमा की भांति जगमगा रहे थे। उनका कंठ चमकीले नीले रंग का था। नीलम का हार पहन लेने पर पार्वती के कंठ की आभा जिस प्रकार की हो जाती है, वैसी ही महादेव के कंठ की दिखाई पड़ रही थी। अपने शरीर पर उन्होंने मृत देव और दानवों की चिता की राख पोती हुई थी और उसके ऊपर विशाल हाथी की खाल धारण की हुई थी, जिससे वे ऐसे प्रतीत हो रहे थे, मानो काले बादलों से आच्छादित हिमालय का कोई हिम-शिखर हो। उनके हाथ में कपाल का पात्र था, गले में अस्थियों की माला थी और दूसरे हाथ में उन्होंने अपना त्रिशूल उठाया हुआ था। यद्यपि महादेव का वेश ऐसा बेढंगा था, फिर भी बैकुण्ठनिवासी विष्णु उनकी सेवा में लगे हुए थे। महादेव ने कंठ में नरमुडों की एक पुरानी माला पहनी हुई थी, जो सिर पर विद्यमान चन्द्रमा से झरनेवाले अमृत के कारण जीवित-सी प्रतीत हो रही थी। महादेव की गोदी में नई स्वर्णलता के समान पार्वती बैठी थी और देखने से ऐसा प्रतीत होता था, जैसे शरद्ऋतु के मेघ में बिजली चमक रही हो। एक हाथ में महादेव ने अपना विशाल धनुष पिनाक धारण किया हुआ था जिससे उन्होंने अन्धक नाम के दैत्य को मार डाला था और अन्य कई बड़े-बड़े दानवों की स्त्रियों को विधवा कर दिया था। इस धनुष को महादेव के सिवाय और कोई उठा भी नहीं सकता था। वे बहुमूल्य मोती और रत्नों से जटित रंग-बिरंगे सिंहासन पर बैठे थे। पैरों के नीचे एक सोने का पीढ़ा रखा हुआ था। दो गण उनपर चन्द्रमा की किरणों के समान शुभ्र चंवर डुला रहे थे। उस समय वे आनन्द में मग्न होकर कुमार की शस्त्र-विद्या का अभ्यास देख रहे थे और ऐसा प्रतीत होता था मानो कैलाश पर्वत उनकी आरती उतार रहा हो।

महादेव के इतने ऐश्वर्य को देखकर कुछ देर के लिए इन्द्र का मन भी चंचल हो उठा। इन्द्र अपने हजार नेत्रों से शिव को देखने लगे। अपने विकसित कमल-वन के समान नयनों से शिव को देखते-देखते इन्द्र को रोमांच हो आया और उनका शरीर नवमंजरियों से लदे हुए आम के वृक्ष के समान हो उठा। शिव को देखकर इन्द्र प्रसन्न तो बहुत हुए, परन्तु साथ ही उन्हें यह डर लगा कि कहीं

शची यह सन्देह न करने लगे कि उन्हें किसी अन्य सुन्दरी को देखकर रोमांच हो आया है। जब उन्होंने महादेव के सम्मुख शस्त्रधारी कुमार को देखा, जो सुमेरु के समान बलशाली था, तो उन्हें यह आशा हो गई कि अब हम तारकासुर को परास्त कर सकेंगे।

नन्दी ने अपना सोने का डंडा एक ओर रख दिया और महादेव के निकट जाकर हाथ जोड़कर निवेदन किया, "हे नीलकंठ, यह देवराज इन्द्र आपको प्रणाम करने की प्रतीक्षा करते हुए वहां पर खड़े हैं। कृपा करके उनकी ओर भी दृष्टि डाल लीजिए।"

महादेव ने प्रेम के साथ देवराज इन्द्र की ओर अपनी अमृत की धार-सी बरसाती हुई कृपादृष्टि डाली। इन्द्र ने सिर झुकाकर महादेव को प्रणाम किया और उनके सिर पर रखे हुए बहुत-से पारिजात के फूल आस-पास बिखर गए। अन्य देवताओं ने भी महादेव के चरणों के पास भूमि पर मस्तक छुआकर प्रणाम किया। महादेव ने इन्द्र के बैठने के लिए एक आसन मंगाया और इन्द्र बहुत प्रसन्नतापूर्वक उस आसन पर बैठ गए। तब महादेव ने सब देवताओं पर बारी-बारी से अपनी सस्मित दृष्टि डाली और इस प्रकार उनका सम्मान किया। वे सब भी सामने भूमि पर ही बैठ गए।

दैत्यों से परास्त हो जाने के कारण देवताओं के मुख की कान्ति मलिन हो गई थी। वे श्रान्त और उदास दिखाई पड़ रहे थे। उन्हें देखकर महादेव का हृदय करुणा से पिघल गया और वे पूछने लगेः

"यह क्या बात है कि आप अनन्त पराक्रमी और शस्त्रधारी होने पर भी इस समय खिन्न दिखाई पड़ रहे हैं? इस समय आपके मुख पाले से मारे हुए कमलों के समान कान्तिहीन क्यों दीख रहे हैं? आपने इतनी विशाल पुण्य राशि एकत्र करके स्वर्ग प्राप्त किया था; क्या अब वह पुण्य भी समाप्त हो गया है जो आप स्वर्ग से बाहर चले आए हैं? आप लोग अपने प्रभुत्व के चिरकाल तक धारण किए चिह्नस्वरूप उस स्वर्ग को न छोड़िए। आप लोग इतने स्वाभिमानी होते हुए भी देवताओं के निवास-स्थान स्वर्ग को छोड़कर सामान्य मनुष्य की भांति पृथ्वी-तल पर क्यों फिर रहे हैं? वह अत्यन्त सुन्दर, अद्‌भुत, देवताओं का निवास स्वर्ग आपके हाथ से अचानक ही कैसे निकल गया? क्या उसी प्रकार जैसे चिरकाल से एकत्र किया गया पुण्य कोई एक पाप करने से ही नष्ट हो जाता है, ग्रीष्मऋतु में सूख जानेवाले सरोवर की भांति आपके हृदय का वह विशाल धैर्य भी सूखकर कहां समाप्त हो गया? आप अब इस समय बेचैन होकर एक साथ यहां आए

हैं। यह तो बताइए कि कहीं आपने उस त्रिलोक-विजयी महाबली तारकासुर से तो लड़ाई मोल नहीं ले ली? उस महाबली राक्षस को तो केवल एक मैं ही परास्त कर सकता हूं क्योंकि वन की आग को महामेघ के अतिरिक्त और कौन बुझा सकता है?''

जब इतना कहकर महादेव चुप रह गए तो इन्द्र तथा अन्य सभी देवताओं की आंखों में आनन्द के आंसू भर आए और आश्वासन मिल जाने से उनके मुखों पर फिर चमक आ गई। अवसर पाकर इन्द्र महादेव से कहने लगे।

''हे महादेव, आपने अपने अविनश्वर ज्ञान-प्रदीप के द्वारा अज्ञान-अंधकार का नाश कर दिया है। जो भी कुछ हुआ है, या हो रहा है और भविष्य में होगा, आप उस सबको भली भांति जानते हैं तो क्या फिर आपको इतना भी मालूम न होगा कि अपने प्रचंड बाहुबल से देवताओं के शत्रु तारक ने हमें स्वर्ग से निकालकर उसपर अपना अधिकार कर लिया है? उसने ब्रह्मा से अमोघ वरदान प्राप्त किया है और वह शीघ्र ही तीनों लोकों को विजय कर लेना चाहता है। अब वह अपने बाहुबल के अभिमान में मुझे तथा अन्य सभी देवताओं को कुछ गिनता ही नहीं। पहले हम पितामह ब्रह्मा के पास गए थे। उन्होंने यह बताया कि महादेव का पुत्र ही इस दैत्य को सेनापति बनकर युद्ध में मारेगा। तब से लेकर आज तक ये सब देवता उससे पराजित होने की कसक को सहते आ रहे हैं और हृदय के अन्दर शूल के समान चुभनेवाली उसकी आज्ञाओं का पालन कर रहे हैं। जिस प्रकार ग्रीष्मऋतु में मुरझाए हुए पेड़-पौधों को नये मेघ आकर जीवन प्रदान करते हैं, उसी प्रकार आप भी इस पुत्र को हमारा सेनापति बनने का आदेश दीजिए। यह त्रिलोक की राजलक्ष्मी के हृदय में कांटे के समान चुभे हुए उस महान् असुर तारक को जड़ से निकाल लेंगे और युद्ध में हमारे सम्मुख रहकर हमारे कष्टों को समाप्त करेंगे। हे नाथ, आप ऐसा आदेश दीजिए कि जब महासमर में आपके इन कुमार के शस्त्रों से असुरों के सिर कट-कटकर गिरें, तब उनकी पत्नियों के विलाप से दशों दिशाएं गूंजने लगें। जब आपकी तरह कुमार उस तारकासुर को युद्ध-क्षेत्र में फिरने वाले मांसभोजी पुशओं का आहार बना देंगे, तब ये देवता तारकासुर द्वारा बन्दी बनाई गई सुरबालाओं की वेणियों को जाकर खोलेंगे।''

इन्द्र के इस कथन को सुनकर महादेव को तारकासुर के कारनामों पर क्रोध हो आया और देवताओं के ऊपर उन्हें दया आई, और वे कहने लगे, ''हे इन्द्र आदि देवताओं, आप मेरी बात सुनिए। अब मैं अपने पुत्र समेत आपका कार्य

सिद्ध करने के लिए तैयार हो गया हूं। संयम का व्रत लिए होने पर भी मैंने गिरिराज कुमारी से विवाह इसलिए किया था कि उससे वह पुत्र उत्पन्न हो, जो तारकासुर का वध करे। इसलिए आप इस कुमार को अपना सेनापति बनाइए और तारकासुर को मारकर यह कुमार इन्द्र के साथ ही स्वर्गलोक में निवास करे।''

इतना कहकर महादेव ने अपने पुत्र को आदेश दिया, ''वत्स, जाओ, और युद्ध में देवताओं के शत्रु तारकासुर का संहार करो।'' कुमार तो पहले से ही घोर युद्ध के लिए वैसे ही उत्सुक था, जैसे लोग महोत्सव के लिए उत्सुक होते हैं।

कुमार ने सिर झुकाकर महादेव के आदेश को स्वीकार कर लिया। पितृभक्त पुत्रों का धर्म यही है। जब महादेव अपने पुत्र को असुरों के साथ युद्ध करने की विधि समझाने लगे तो पुत्र के पराक्रम को देखकर पार्वती प्रसन्न हो उठी। पुत्र की वीरता को देखकर किस वीर माता को आनन्द नहीं होता!

उस वीर कुमार को प्राप्त करके इन्द्र का हृदय आनन्द से भर उठा। उन्हें मालूम था कि कुमार बलवान शत्रुओं का वध कर देंगे, जिससे रोते-रोते उनकी स्त्रियों की आंखों का अंजन पुंछ जाएगा। अपनी इच्छा पूरी हो जाने पर किसे हर्ष नहीं होता!

त्रयोदश सर्ग

प्रस्थान के समय युद्धोचित वेश पहनकर देवताओं के सम्मुख चलने से पूर्व कुमार ने तीनों लोकों के स्वामी महादेव के चरणों में सिर झुकाकर नमस्कार किया। महादेव ने उसे ऊपर उठाते हुए उसका मस्तक चूमा ओर यह आशीर्वाद देकर कि "वत्स, संग्राम में शत्रु को मारकर इन्द्र को फिर उसके आसन पर प्रतिष्ठित करो," उसका उत्साह बढ़ाया। उसके पश्चात् कुमार ने और भी अधिक सिर झुकाकर अपनी माता के चरणों में नमस्कार किया। पार्वती के नयनों से जो हर्ष के आंसू बह-बहकर कुमार के सिर पर टपक पड़े, उनसे ही मानो कुमार का सेनापति-पद पर अभिषेक हो गया। पार्वती ने कुमार को उठाकर खूब जोर से छाती से लगा लिया और उसका मस्तक चूमकर बोली, "तुम जाओ और शत्रु को जीतकर सफलता प्राप्त करो, जिससे मैं वीर माता कहलाऊं।"

अपने माता-पिता से भक्तिपूर्वक आज्ञा लेकर कुमार महाभयंकर दैत्य तारकासुर को मारने और समरोत्सव मनाने के लिए स्वर्ग की ओर चल पड़े। महादेव तथा पार्वती को प्रणाम करके और उनकी प्रदक्षिणा करके इन्द्र तथा अन्य देवता भी कुमार के पीछे-पीछे चल पड़े। जब वे सब देवता एक साथ मिलकर अपने देदीप्यमान प्रभा-मंडलों समेत आकाश में जा रहे थे, तो आकाश ऐसा सुशोभित हो उठा जैसे दिन में ही बड़े-बड़े और चमकीले तारे निकल आए हों। उन देवताओं के मध्य में चलते हुए कुमार की कान्ति उन सबकी अपेक्षा सबसे अधिक थी और ऐसा प्रतीत होता था मानो नक्षत्र, तारों और ग्रह-मंडलों के बीच चन्द्रमा चला जा रहा हो। इन्द्र आदि वे सब देवता महादेव के पुत्र के साथ क्षण-भर में ही नक्षत्र-पथ को पार करके अपने लोक—-स्वर्ग में पहुंच गए। तारकासुर के भय से बहुत काल तक वे स्वर्ग में नहीं आ सके थे; इसलिए अब भी वे एकाएक स्वर्ग में प्रविष्ट न हो सके और कुछ देर तक सबके सब ठिठककर बाहर ही खड़े रहे।

"तुम आगे चलो, मैं आगे नहीं चलता, मैं आगे थोड़े ही आ रहा था, आगे तो तुम चल रहे थे," इस प्रकार स्वर्ग में घुसने से पहले देवता लोग डर के मारे आपस में विवाद करने लगे। बहुत दिन पश्चात् स्वर्ग को देखने के कारण उनकी आंखें प्रसन्नता से भर उठी थीं, परन्तु शत्रु के भय से कातर होने के कारण उनकी दृष्टि कुमार के मुखकमल पर ही जाकर ठहरी। उस समय कुमार का मुखचन्द्र विनोदपूर्ण हंसी से भर उठा। वे बढ़कर सबके आगे हो गए और तारकासुर के आगमन की आशा करते हुए उन्होंने देवताओं से कहा, "आप लोग डरिए नहीं, अब अविलम्ब स्वर्ग में प्रवेश कीजिए। इस समय कितना अच्छा हो यदि वह बलशाली असुर यहां मेरे सामने आ जाए! आप तो पहले उसे देख चुके हैं, पर मैंने तो उसे देखा भी नहीं। उसकी भुजाएं स्वर्गलोक की राजलक्ष्मी के बाल खींचने के लिए मचलती रहती हैं। आज ये मेरे बाण अविलम्ब ही उसके रक्तपात का आनन्द लेकर क्रीड़ा करें। और मेरा यह कृपाण स्वर्ग लोक की लक्ष्मी का विपत्ति से उद्धार करने के लिए तारकासुर का सिर काटकर आपको आनन्दित करे।"

महादेव के पुत्र कुमार के दैत्य-वध के लिए उत्सुकता से भरे इन वचनों को सुनकर सब देवताओं के मुख प्रसन्नता से खिल उठे। इन्द्र और कुमार ने परस्पर वस्त्र बदलकर आपस में मित्रता को पक्का कर लिया। देवताओं में सबसे वृद्ध ब्रह्मा थे। कुमार को देखकर उन्हें बड़ा आनन्द हुआ। उनकी आंखों से आंसू छलक आए और उन्होंने कुमार के छहों मस्तकों का चुम्बन किया। गन्धर्वों, विद्याधरों और सिद्धों के दलों ने "शाबाश, शाबाश, आपकी जय हो, आपकी जय हो," आदि नारे लगाकर कुमार के आनन्द को चौगुना कर दिया। नारद आदि दिव्य ऋषियों ने आकर शत्रु को जीतने के लिए निकले कुमार के सुनहले वस्त्रों से अपने वस्त्र बदलकर उससे अपनी मित्रता और दृढ़ कर ली।

तब शक्तिवर कुमार के बल पर देवता लोग निर्भय होकर स्वर्ग में उसी प्रकार प्रविष्ट हुए जैसे गजराज के आश्रय में छोटे-छोटे हाथी वन में प्रविष्ट होते हैं। जिस प्रकार त्रिपुर को जलाने के लिए उद्यत महादेव के चारों ओर उनके असंख्य गण एकत्र हो गए थे, उसी प्रकार तारकासुर के वध के लिए उद्यत कुमार के चारों ओर देवता लोग एकत्र हो गए। जब वे स्वर्ग में प्रविष्ट हुए तो उन्हें सामने आकाश-गंगा दिखाई पड़ी, जिसका जल पहले कभी जल में स्नान करनेवाली देवांगनाओं के अंगों से छूटे अंगराग से रंगीन हो जाया करता था। इस आकाश-गंगा के जल में क्रीड़ा करते समय दिग्गज अपनी सूंड से बार-बार पानी को हिलाया करते थे, जिससे इतनी बड़ी-बड़ी तरंगें उठती थीं कि आकाशगंगा के किनारों

पर खड़े हुए वृक्षों की जड़ों में अपने-आप ही पानी पहुंच जाया करता था। यहां पहले देवकन्याएं आकर सुनहली बालू से खेल किया करती थीं। उनकी बनाई हुई वे छोटी-छोटी वेदियां अभी तक बनी हुई थीं और उनमें जहां-जहां रत्न जगमगा रहे थे। यहां सुगन्ध के लोभ में भ्रमर सदा गुंजार करते और सुनहले हंसों की पक्तियां किलोलें किया करती थीं। यहां सदा ऐसे स्वर्णकमल खिले रहते थे, जिनमें से पराग झरा करता था। और उससे आकाश-गंगा का जल भी रंगीन हो उठता था। इस नदी के किनारे देवताओं की पत्नियां मनोविनोद के लिए आकर बैठ जाया करती थीं। तरंगों में पड़ते हुए उनके प्रतिबिम्ब ऐसे सुन्दर दिखाई पड़ते थे कि उस ओर से गुजरनेवाले पथिकों का चित्त आनन्दित हो उठता था।

बहुत दिनों बाद उस नदी को देखकर इन्द्र का मन बहुत आनंदित हुआ और उसने आगे बढ़कर आदर के साथ कुमार को वह नदी दिखाई। उस नदी को देखकर कुमार बहुत प्रसन्न हुए और उन्होंने बहुत विनय के साथ उस नदी के पास जाकर सिर झुकाकर प्रणाम किया। तभी मंदाकिनी का वह सुखद मन्द पवन चलने लगा, जिससे खिले हुए कमल हिलने लगते हैं; जो तरंगों से क्रीड़ा किया करता है और जो अपने स्पर्श से परिश्रान्त व्यक्ति के पसीने को सुखा डालता है।

आकाश-गंगा से आगे चलकर कुमार ने इन्द्र के प्रमोदवन नन्दन को देखा। यहां पर शाल के वृक्ष तोड़ दिए गए थे या उखाड़ दिए गए थे। तारकासुर ने इस वन को ऐसा शोभाहीन कर दिया है यह सोचकर क्रोध से कुमार का मुख तमतमा उठा। कुछ और आगे चलकर उन्होंने त्रिलोकी की अनुप्म नगरी अमरावती को देखा। वहां के क्रीड़ा-उद्यान उजाड़ दिए गए थे। बड़े-बड़े महल तोड़ दिए गए थे। उस ओर विमान का ले जाना भी कठिन प्रतीत होता था। उस उजड़ी हुई शोभाहीन नगरी को देखकर कुमार को उसी प्रकार दया आई जैसे किसी नपुंसक की पत्नी को देखकर दया आए। देवताओं की राजधानी अमरावती की उस दुर्दशा को देखकर तारकासुर के दुष्कर्मों पर कुमार को बहुत क्रोध हुआ और वे युद्ध के लिए अधीर होकर अमरावती में घुसे। नगर के अन्दर स्फटिक से बने हुए महलों की पंक्तियां दैत्यों के हाथियों की टक्कर और दांतों की चोट से टूट-टूट गई थीं। जहां-तहां बड़े-बड़े सांपों की केंचुलियां पड़ी हुई थीं। उस उजड़ी हुई नगरी को देखकर कुमार को बड़ा दुःख हुआ।

देवताओं के घरों की बावड़ियों के स्वर्णकमल उखाड़ लिए गए थे। उनका जल दिग्गजों के मद से मलिन हो गया था। सोने के हंस वहां से उड़ गए थे

और मरकत से बनी हुई बड़ी-बड़ी शिलाएं टूट-फूट गई थीं। उनमें से बीच में घास उगने लगी थी। शत्रु द्वारा की गई नगर की इस दुर्दशा को देखकर कुमार का मन दुःख से भारी हो गया।

उसके पश्चात् इन्द्र कुमार को अपने वैजयन्त नाम के महल में ले गए। इस महल की सुनहली दीवारें तारकासुर के हाथियों ने अपने दांतों की टक्कर मार-मारकर तोड़ दी थीं। और अब उन रत्नजटित दीवारों पर मकड़ियों ने जाले तान दिए थे। इन्द्र आगे-आगे चलने लगे। उनके पीछे कुमार थे और उनके पीछे सब देवता चल रहे थे। वे सब विभिन्न प्रकार के पत्थरों द्वारा बनाए गए उस महल में टूटी-फूटी सीढ़ियों पर होकर चढ़े। अन्त में वे सब उस सुन्दर प्रासाद में पहुंचे, जहां कल्पवृक्ष स्वाभाविक बन्दनवार बनकर खड़ा था। सब ओर पारिजात के फूल बिखरे हुए थे। जहां कभी दिव्य ऋषियों ने स्वस्तिवाचन किया था और किसी समय जहां एक से एक सुन्दर अप्सराएं रहा करती थीं, वहां देव और दानवों के आदिपुरुष महर्षि कश्यप विद्यमान थे। कुमार ने उनकी प्रदक्षिणा करके हाथ जोड़कर अपने छहों सिरों से झुककर नमस्कार किया। उसके बाद कुमार ने कश्यप की पत्नी देवमाता अदिति के चरणों में भी प्रणाम किया।

महर्षि कश्यप ने और देवमाता अदिति ने कुमार को आशीर्वाद दिया, ''तुम इस प्रचंड त्रिलोक-विजयाभिलाषी तारक को युद्ध में परास्त करो।'' और इस प्रकार उनका उत्साहवर्धन किया। अदिति के पास रहने वाली अन्य देवांगनाएं भी कुमार के दर्शन के लिए आईं और उन सबको भी कुमार ने पैरों में झुककर नमस्कार किया, जिसके प्रत्युत्तर में उन्होंने कुमार को आशीर्वाद दिए। इसी प्रकार पुलोम की पुत्री शची को भी कुमार ने नमस्कार किया। कुमार ने महात्मा कश्यप की अन्य सातों पत्नियों को भी विनयपूर्वक प्रणाम किया और उन्होंने प्रणाम करने से पहले ही उन्हें विजयी होने का आशीर्वाद दिया।

इसके बाद इन्द्र आदि सब देवताओं ने प्रसन्न मन से कुमार को सेनापति पद पर अभिषिक्त कर दिया। जब अमित बलशाली कुमार देवसेना के अध्यक्ष बन गए, तो देवताओं को यह विश्वास हो गया कि हम शत्रु को जीत लेंगे और उनका सारा शोक जाता रहा।

चतुर्दश सर्ग

कुमार युद्ध के लिए उत्सुक थे। उन्होंने तारकासुर को मारने के लिए देवताओं को तुरन्त तैयार होने का आदेश दिया। कुमार अपने-आप 'विजित्वर' नाम के रथ पर सवार हो गए, जिसकी गति मन के समान तीव्र थी और जो अवश्य ही विजय प्राप्त कराता था। उन्होंने धनुष और अपनी सेल (शक्ति) धारण की हुई थी। उस समय किसी ने उनके सिर पर सुनहरा छत्र लगा दिया, जो स्वर्गलोक की लक्ष्मी की विपत्ति से रक्षा करने वाला था, और असुरों की सम्पत्ति के लिए कष्टदायक था। उनके ऊपर शरद्ऋतु के चन्द्रमा की किरणों के समान धवल चंवर डुलाए जा रहे थे ओर किन्नर, सिद्ध तथा चारण लोग मुक्तकंठ से उनके स्तुति के गीत गा रहे थे। उसके पीछे-पीछे स्फटिक के पर्वत के समान ऐरावत पर चढ़े हुए इन्द्र युद्धोचित वेश बनाए, हाथ में पर्वतों के पंख काटनेवाला वज्र उठाए आगे बढ़े। इन्द्र के पीछे मेढ़े पर बैठे हुए अग्निदेव चले। क्रोध के मारे उनका तेज और भी अधिक हो गया था। उनके हाथ में दहकता हुआ दंड था। उनका मेढ़ा पर्वत के समान विशाल और मस्त था। उनके पीछे यमराज चले। वे नीलम के पहाड़ के समान विशालकाय भैंसे पर बैठे हुए थे, जो अपने सींगों के बड़े-बड़े बादलों को तोड़ता-फोड़ता चल रहा था। उनके हाथ में भयंकर दंड था। यमराज के पीछ नैऋत नाम का राक्षस अत्यन्त क्रुद्ध होकर तारकासुर से घोर युद्ध करने के लिए चला। क्रोध के कारण उसका मुख बहुत भयंकर हो उटा था और वह एक प्रेत के ऊपर सवार था। मगरमच्छ के ऊपर बैठकर अपना अचूक पाश लिए हुए वरुण चले। उनका वाहन मगरमच्छ वर्षाकाल के नये मेघ के समान काला और भयावह दिखाई पड़ रहा था। हरिण पर सवार होकर पवनदेव कुमार के पीछे-पीछे युद्ध के लिए आगे बढ़े। उनके हरिण की गति पृथ्वी और आकाश में सर्वत्र एक समान थी। अपनी भयंकर गदा लेकर कुबेर युद्ध के लिए

कुमार के साथ चले। इस गदा से उन्होंने अनेक शत्रुओं का नाश किया था। वे एक पालकी में बैठे थे और उसे कई मनुष्य उठाकर चल रहे थे। अपने जटा-जूट में बड़े-बड़े नागों को लपेट, जलते हुए त्रिशूल हाथ में लिए, कैलाश के समान सफेद बैल पर चढ़े ग्यारहों रुद्र कुमार के पीछे-पीछे चले। और भी कितने ही देवता इस समरोत्सव में आनन्द लेने के लिए अपने बड़े-बड़े वाहनों पर चढ़कर हंसते और आनन्द मनाते कुमार के पीछे हो लिए।

महादेव के पुत्र कुमार देवताओं की उस विशाल सेना को साथ लेकर आगे बढ़े। चारों ओर सुनहले ध्वजदंड ऊपर उठे हुए थे। तरह-तरह के छत्र चमक रहे थे। चलते हुए रथों का बहुत भंयकर शोर हो रहा था। हाथियों के गले में बंधे हुए घंटे ज़ोर-ज़ोर से बज रहे थे। तरह-तरह के शस्त्र धूप में चमक रहे थे, जिससे आकाश जगमगा-सा उठा। जब वह देवताओं की सेना बड़े-बड़े झंडे उठाए कोलाहल करती और उछलती-कूदती चली तो पृथ्वीतल, आकाश और दशों दिशाएं एक जैसी ही दिखाई पड़ने लगीं। इनमें कोई भेद न रहा। उन्होंने जो नगाड़े बजाए, उनसे सम्पूर्ण आकाश भर उठा और दिगंतों से लौटकर आती हुई उसकी प्रतिध्वनि सुनाई पड़ी, जिससे असुरों की राजलक्ष्मी कांप उठी। उन नगाड़ों का शब्द इतना भयंकर हुआ, मानो मथा जा रहा समुद्र गर्जन-तर्जन कर रहा हो। उस शब्द को सुनकर असुर नारियों के गर्भ गिर गए और धूल से भरा हुआ आकाश ऐसा प्रतीत होने लगा, मानो बेचैन होकर रो पड़ा हो। जब सेना चली तो पहले तो रास्ते की मिट्टी रथों के पहियों से उखड़ी, फिर घोड़ों के खुरों से टूटकर वह बारीक हो गई। उसके बाद हाथियों ने अपने कान हिला-हिलाकर उसे सब ओर फैला दिया। लहराती हुई ध्वजाओं से वह ऊपर उठी ओर अन्त में वायु उसे आकाश में उड़ा ले गया। इस प्रकार सुमेरु की वह धूल रथ में जुते घोड़ों के खुरों से पिस-पिसकर वायु से उड़कर सब दिगन्तों में भर गई और चमकने लगी। सेना के आगे-पीछे, ऊपर और चारों ओर वायु में उड़ती हुई वह सुनहली धूल ऐसी सुन्दर प्रतीत होती थी कि उसके सामने उदित हुए सूर्य की कान्ति भी फीकी पड़ गई। उस सुनहली धूल के कारण ऐसा प्रतीत होने लगा जैसे असमय में ही संध्या के घने रंगीन मेघ आकाश में घिर आए हों। सुमेरु पर्वत की भूमि चमकीली, अपने स्वर्ण से बनी हुई थी। उसमें जब सेना के हाथियों ने अपने प्रतिबिम्ब देखें तो उन्हें यह भ्रम होने लगा कि ये हाथी रसातल में से निकलकर आ रहे हैं और वे क्रुद्ध होकर उनपर दांतों से प्रहार करने लगे। इस प्रकार युद्ध के समुद्र में क्रीड़ा करने के लिए उत्सुक वह देवसेना कोलाहल से पर्वत की गुफाओं को कंपाती

हुई तेजी से सुमेरु पर्वत से नीचे उतरी।

यद्यपि उस विशाल सेना का इतना भयंकर कोलाहल हुआः बड़े-बड़े घंटों की आवाज़ होती रही और गजराज चिंघाड़ते रहे, फिर भी सुमेरु पर्वत की गुफाओं में लेटे हुए सिंह सोते ही रहे। उनकी नींद नहीं टूटी। अनेक भेरियों की ज़ोरदार आवाज़ हो रही थी, जो गुफाओं में गूंजकर और भी भंयकर हो जाती थी। फिर भी सिंह विचलित नहीं हुए और उन्होंने सिद्ध कर दिया कि वे सचमुच मृगराज हैं। सुमेरु पर्वत के शिखरों को तोड़-फोड़कर चलती हुई देवताओं की सेना के उस शब्द को सुनकर केसरी और भी अधिक मद से भर उठे। देवताओं की सेना के भय से हरिण दूर-दूर तो भाग गए, परन्तु सिंह अपनी-अपनी गुफाओं से बाहर आकर निःशक भाव से खड़े हो गए।

देवताओं के सैनिक जब सुमेरु पर्वत के निचले भाग में पहुंचे, तो उन्हें अमरावती के निवासी उत्सुकता के साथ देख रहे थे। सुमेरु पर्वत की पीली, सफ़ेद, लाल और काली चट्टानों से उड़ी हुई धूल से भरकर आकाश ऐसा सुन्दर हो उठा मानो बिना प्रयत्न के ही वह रत्नजटित गन्धर्वनगर बन गया हो। सेना की हलचल से उत्पन्न हुआ वह भयानक शब्द महासमुद्र के गर्जन के समान गम्भीर हो उठा, जिसे सुनकर कानों के पर्दे फटने-से लगे। बड़े-बड़े गजराजों की चिंघाड़ और घोड़ों की हिनहिनाहट तथा रथों की आवाज से ऐसा प्रचंड शब्द हो रहा था कि उसमें नगाड़ों की आवाज बिलकुल दब गई। कुछ ही देर बाद देवसेना के चलने से उठी वह धूल असुरों के अन्तः पुर की रानियों के बालों, आंखों की पलकों व स्तनों और ध्वजाओं, हाथियों, रथों ओर घोड़ों पर जा-जाकर पड़ने लगी। सेना से उड़ी हुई उस धूल से आकाश आच्छादित हो गया। जिससे सूर्य की किरणों का आना बन्द हो गया। इससे बादलों के भ्रम में हंस तो मानसरोवर को उड़ चले और मोर आनन्दित होकर नाचने लगे। सेना के चलने से उड़ी वह धूल आकाश में नई मेघमाला के समान दिखाई पड़ने लगी और उसमें देवताओं की सुनहली ध्वजाएं चमकती विद्युत्-सी जान पड़ने लगीं। वह धूल पृथ्वी और आकाश के मध्य ऐसी घनी छाई हुई थी कि लोग इसी सन्देह में पड़ गए कि यह धूल नीचे से ऊपर को उठ रही है अथवा ऊपर से नीचे आ रही है। उस धूल के कारण न तो ऊपर कुछ दिखाई पड़ता था न नीचे, न आगे न पीछे, न दाएं और न बाएं। धूलकणों के अत्यधिक भर जाने के कारण सब प्राणियों को दीखना बन्द हो गया।

सेना में अनेक प्रकार के वाद्य इतने जोर-जोर से बज रहे थे कि उन्हें सुन-सुनकर दिग्गजों का मद सूख गया। वाद्यों की यह ध्वनि विमानों के छेदों

से टकराकर कई गुनी हो उठती थी, जिससे ऐसा लगने लगता था मानो आकाश ही भंयकर स्वर में गरज रहा है। देवताओं की यह विशाल सेना इतनी बड़ी थी कि पहले तो वह सारी पृथ्वी पर भर गई, उसके बाद वह सारे आकाश में छा गई। जब वहां भी स्थान न बचा तो वह यह सोचकर विकल हो उठी कि अब और कहां जाए? प्रचंड मद बहाते हुए हाथियों के गर्जन से और उच्च स्वर में हिनहिनाते हुए घोड़ों के तथा चलते हुए रथों के शब्द से सारे संसार का दम घुटने-सा लगा। दशों दिशाएं कोलाहल से भर उठीं। हाथियों का मद इतना बहा, जिससे नदियों में बाढ़ आ गई। परन्तु तभी उनके ऊपर इतनी धूल आ-आकर पड़ी कि सब ओर कीचड़ ही कीचड़ हो गया, और जब उस कीचड़ में ये असंख्य रथ चले तो वह सारा कीचड़ देखते-देखते सूख गया।

जो प्रदेश नीचे थे वे भरकर बराबर हो गए और जो प्रदेश ऊंचे थे वे भी चलते हुए घोड़ों के खुरों, रथों ओर हाथियों से सब ओर से समतल कर दिए गए। जिस प्रकार किसी शोर मचाती हुई वस्त्रहीन रजस्वला स्त्री को देखकर सज्जन लोग मुंह फेर लेते हैं उसी प्रकार रज (धूल) से भरी हुई दिशाओं को देखकर सूर्य ने घने अंधकार में अपने आपको छिपा लिया। बड़े-बड़े गजराज आकाश में इस प्रकार चल रहे थे, मानो भयंकर आंधी में विशाल पर्वत आकाश में उड़ गए हों और भूमि पर रथ ऐसे चल रहे थे मानो बादलों का समूह पृथ्वी पर उतर आया हो। घोर कोलाहल करती हुई वह विशाल सेना निरन्तर अधिक बढ़ती जाने लगी। ऐसा प्रतीत होता था मानो असुरों के संहार के लिए महाप्रलय का समुद्र उमड़ रहा हो।

पंचदश सर्ग

देवताओं के शत्रु असुरों के नगर में यह शोर मच गया कि इन्द्र महादेव के पुत्र कुमार को सेनापति बनाकर युद्ध करने के लिए विशाल सेना के साथ आ रहा है। इससे असुरों के हृदय कांप उठे। जब उन्होंने यह सुना कि महादेव के पुत्र सचमुच ही देवसेना के सेनापति बनकर आ रहे हैं, तो असुरों के हृदय में बहुत देर तक खलबली मची रही। उन्हांने दैत्यराज तारक के पास पहुंचकर हाथ जोड़कर नमस्कार करने के उपरान्त निवेदन किया कि इन्द्र कुमार के साथ सेना लिए युद्ध करने आ रहा है। इस बात को सुनकर तारक बोला—''मुझ त्रिलोक-विजेता को इन्द्र पिछले इतने सारे युद्धों में तो जीत नहीं पाया; अब वह महादेव के पुत्र के बल से मुझे अवश्य जीत लेगा?'' ऐसा कहकर वह व्यंग्य की हंसी हंसने लगा। उसके बाद धीरे-धीरे उसे क्रोध चढ़ने लगा। उसके होंठ फड़कने लगे ओर उसने भुजबल के अभिमानी अपने सेनापति को तुरन्त तैयार होने का आदेश दिया। उसके हृदय में तीनों लोकों को विजय करने की इच्छा फिर नये सिरे से जाग उठी।

उनकी विशाल सेनाओं के सेनापति बहुत शीघ्र ही शस्त्रास्त्रों से सज्जित होकर उसके विशाल आंगन में आकर खड़े हो गए और देखते-देखते वह सारा स्थान राजाओं से भर आया। तारक ने अपने सामने खड़े हुए अनेक सेनापति राजाओं को देखा जो युद्धरूपी समुद्र को मथ डालने के लिए अधीर थे और विनम्रतापूर्वक तारक को नमस्कार कर रहे थे। उन राजाओं को द्वारपालों ने ला-लाकर तारकासुर के सम्मुख खड़ा कर दिया।

उसके बाद महाबली इन्द्रविजेता तारकासुर अपने विशाल रथ पर सवार हुआ। उस रथ के चलने का शब्द ऐसा भयंकर होता था, जिससे दिग्गजों का मद बहना बन्द हो जाता और वे चिंघाड़ना बन्द कर देते थे। यह रथ समुद्र में और पर्वतों

पर निर्बाध रूप से सब जगह जा सकता था। प्रलयकाल के विक्षुब्ध महासमुद्र के समान शब्द करती हुई वह दैत्यसेना तारकासुर के पीछे-पीछे चल पड़ी। उसके चलने से इतनी धूल उड़ी कि सूर्य का प्रकाश बिलकुल छिप गया। सेना में इतनी पताकाएं फहरा रही थीं कि उनसे सूर्य की धूप आनी बन्द हो गई। युद्ध के लिए प्रयाण करते हुए तारकासुर की सेना के चलने से उड़ी हुई धूल जब उनके मद बहाते हुए मस्तक पर पड़ी, तो वह कीचड़ बन गई। उस सेना के जोर-जोर से बजते हुए नगाड़ों से गुफाएं फटने-सी लगीं। उसके कारण समुद्र में ऊंची तरंगें उठने लगीं और आकाश-गंगा में एकाएक बाढ़ आ गई। दैत्यराज तारक की सेना के भयंकर शब्द से आकाश-गंगा इस प्रकार आलोड़ित हो उठी कि उसकी सैकड़ों ऊंची-ऊंची लहरें और कमल स्वर्ग के मकानों पर जा पहुंचे।

जब असुर सेना युद्ध के लिए प्रस्थान करने लगी, उस समय अनेक प्रकार के अपशकुन होने लगे, जिनसे यह स्पष्ट होता था कि सेना अगाध दुःख के समुद्र में जाकर डूबेगी। कुछ समय बाद दैत्यों का मांस खाने को मिलेगा, इस आनन्द की कामना से गिद्धों के विशाल दल आकाश में छा गए। यहां तक कि उनके कारण दैत्यसेना के ऊपर सूर्य की धूप तक पहुंचनी बन्द हो गई। अत्यन्त तीव्र अन्धड़ चलने लगा, जिसके कारण छत्र और ध्वज टूट-टूट कर गिर पड़े। ऐसी धूल उड़ने लगी कि आंखों से दिखना बन्द हो गया। घोड़े, हाथी और रवि सबको उस अन्धड़ ने उलट-पलट कर दिया। तभी बड़े भयंकर नाग असुरसेना का रास्ता काट-काटकर जाने लगे। वे नाग काजल के ढेर के समान काले रंग के थे और उनके मुख से जहरीली आग की लपटें निकल रही थीं। सूर्य के चारों ओर एक काला मंडल बन गया, जैसे महाभयंकर सर्पों ने सूर्य को सब ओर से लपेट लिया हो। यह इस बात की सूचना थी कि अब तारक का अन्त आ पहुंचा है। सूर्य-मंडल के सम्मुख आकर तारक का रक्तपान करने के लिए गीदड़ियों का दल अत्यन्त कर्कश स्वर में ज़ोर-ज़ोर से रोने लगा। दिन के समय ही असुर-सेना के चारों ओर बड़े-बड़े तारे आकाश से टूट-टूटकर गिरने लगे, जिससे लोगों को यह विश्वास होने लगा कि अब तारकासुर का नाश होने ही वाला है। आकाश में बिना बादल के ही खूब ज़ोर-ज़ोर से बिजली चमकने लगी। उसकी चमक से रह-रहकर सब दिशाएं आलोकित होने लगीं और उसकी कड़क इतनी भयंकर थी कि लोगों के हृदय कांप-काप उठते थे। आकाश से जलते हुए अंगारों, खून और हड्डियों की वर्षा होने लगी। और सब दिशाओं में गधे के गले के समान भूरे रंग का धुआं भर उठा। सब ओर ऐसा प्रचंड कोलाहल हो रहा था, जिससे पर्वतों के शिखर

टूटे पड़ रहे थे और दिशाएं फटी जा रही थीं। ऐसा प्रतीत होता था मानो काल क्रुद्ध होकर कर्णभेदी गर्जन कर रहा हो। तभी एकाएक प्रचंड भूकम्प आया जिससे बड़े-बड़े हाथी लड़खड़ा गए, घोड़े गिर पड़े और लोगों ने संभलने के लिए एक-दूसरे को जोर से पकड़ लिया। इस भूकम्प से समुद्र विक्षुब्ध हो उठे, पहाड़ टूट-फूट गए ओर सारी असुर-सेना अस्त-व्यस्त हो गई। उस समय तारक के सम्मुख आ-आकर कुत्ते ऊपर की ओर मुंह करके सूर्य की ओर देखते हुए बहुत ही कर्णकटु स्वर में एक साथ मिलकर रोने लगे और रो-रोकर भाग जाने लगे।

परन्तु इन सब भयंकर अपशकुनों को देखने के बाद भी तारकासुर अपने युद्ध-प्रयास से विमुख नहीं हुआ। उसका दुर्भाग्य उस समय प्रबल हो उठा था। समझदार लोगों ने अपशकुनों को देखकर उसे युद्ध से रोकने का यत्न किया। परन्तु वह आगे ही बढ़ता गया। हठ से विवेकहीन लोगों को हित का उपदेश प्रिय नहीं लगता। तभी सामने से आती हुई तीव्र वायु ने उसका सुनहला राजछत्र उड़ाकर भूमि पर गिरा दिया। वह भूमि पर पड़ा हुआ छत्र ऐसा प्रतीत हो रहा था मानो मृत्यु ने अपना उपवास समाप्त करने के लिए बड़ा सोने का थाल अपने सामने रखा हो। उसके मुकुट में टंके हुए मोती टूट-टूटकर भूमि पर गिरने लगे। वे ऐसे लगते थे, जैसे वह मुकुट इस बात को जानता है कि तारकासुर का सिर शीघ्र ही कटनेवाला है, और इसलिए शोक में आंसू बहा-बहाकर रो रहा हो। उसके अनुचर बार-बार गिद्धों को उड़ाते थे परन्तु वे जैसे बार-बार तारक को पकड़ने के लिए ही फिर उसके ऊपर आकर मंडराने लगते थे, जिससे यह पता चल जाता था कि अब तारक की मृत्यु निकट ही है। तभी एक काजल के समान काला भयंकर फुंकार मारता हुआ विशाल नाग आकर उसके ध्वज से लिपट गया। उस नाग का फन मणि के प्रकाश में खूब ज़ोर से चमक रहा था। तभी उसके रथ के धुरे में से अकारण ही प्रचंड आग निकलने लगी जिसने उसके रथ के घोड़ों के बाल, कान और चौंरियों को झुलसा दिया और धनुष, बाण तथा तूणीर को जला दिया। जब सब प्रकार के अनेक अपशकुनों को देखने के बाद भी वह मदान्ध तारक निरुत्साहित न हुआ और युद्ध के लिए आगे बढ़ता ही गया, तब आकाशवाणी हुई—

''ओ मदान्ध तारक, अपने बाहुबल के घमण्ड में तू इन्द्र आदि अन्य देवताओं के साथ आ रहे कुमार के साथ युद्ध करने के लिए मत जा। जिस प्रकार ग्रीष्मऋतु के सूर्य का मुकाबला अंधकार नहीं कर सकता, उसी प्रकार इस छः दिन के कुमार का सामना भी युद्ध में कोई नहीं कर सकता; तू तो उनसे लड़ ही क्या सकता

है? जिस कुमार ने दसों दिशाओं में फैले हुए और सैकड़ों गगनचुम्बी शिखरों-वाले क्रौंच पर्वत को भी अपने बाणों से भेद डाला है, उसके साथ युद्ध में तुम्हारा क्या मुकाबला! जिन परशुराम ने महादेव से धनुर्वेद सीखकर युद्ध में इक्कीस बार राजाओं के रक्त-जल से अपने क्रोध की आग को बुझाया था, उन क्षत्रियों का विनाश करनेवाले परशुराम को भी जिस कुमार से युद्ध करने का साहस नहीं होता, उसके साथ लड़कर तू क्या प्राप्त कर सकता है? इसलिए अब तू अपना अभिमान छोड़ दे। कुमार की शक्ति के सम्मुख मत जा; बल्कि अब तो उनकी शरण में जा और उसके बाद चिरकाल तक जीवित रह।''

इस आकाशवाणी को सुनकर तारकासुर को अत्यन्त क्रोध आया। यद्यपि वह अपने आतंक से तीनों लोकों को प्रकम्पित कर चुका था; परन्तु इस समय वह क्रोध से स्वयं कांपने लगा और आकाश की ओर मुंह करके कहने लगा, ''क्यों रे आकाशविहारी देवताओ, यह तो बताओ कि क्या तुम्हें मेरे बाणों से हुए घावों की पीड़ा भूल गई है, जो अब तुम कुमार के गुण बखानते हुए इस प्रकार की बकवास कर रहे हो? इस छह दिन के बालक के भरोसे तुम आकाश में उड़कर कटु शब्द में क्या बक-बक कर रहे हो, जैसे कार्तिक मास में पागल कुत्ते भौंका करते हैं या रात में जंगलों में धूर्त पशु बोला करते हैं? तुम लोगों का साथ होने के कारण यह बेचारा बालक भी वैसे ही मारा जाएगा, जैसे चोर का साथी होने के कारण सज्जन को भी दण्ड भुगतना पड़ता है। तो लो, मैं पहले तुम्हें मारता हूं, और बाद में इसे देखूंगा।''

इतना कहकर उस असुरराज ने अपनी अत्यन्त भयंकर विशाल तलवार क्रोध में आकर उठाई ओर उसके साथ ही देवताओं में ऐसी भगदड़ मच गई कि वे एक-दूसरे को कुचलते हुए बहुत दूर तक भागते चले गए। अब तारक घमंड के साथ बड़ी विकट हंसी हंसा और उसने उस उत्कृष्ट तलवार को म्यान से बाहर निकाल लिया और अपने सारथी को आदेश दिया कि ''रथ को तुरन्त इन्द्र के सामने ले चलो।'' सारथि ने मन के वेग से दौड़नेवाले उस रथ को आगे बढ़ाया और क्षणभर में तारकासुर सामने फैली हुई समुद्र के समान विशाल देवसेना के सम्मुख जा पहुंचा।

सामने देवताओं की उस विशाल सेना को देखकर संग्राम-क्रीड़ा के खिलाड़ी तारकासुर की भुजाओं में आनन्द के मारे रोमांच हो आया। तारकासुर को सम्मुख देखकर इन्द्र की सेना के योद्धा बड़े वेग के साथ आगे बढ़े। क्योंकि युद्ध चाहनेवाले लोग लड़ने का मौका आने पर विलम्ब थोड़े ही करते हैं! दैत्य सेना के वीर भी

सामने खड़ी देवसेना के आगे जा पहुंचे और बांहें हिला-हिलाकर ज़ोर-ज़ोर से अपना नाम ले-लेकर शत्रुओं को ललकारने लगे। अपने सामने दैत्य-सेना के उस महासमुद्र को फैला हुआ देखकर देवताओं के होश-हवास जाते रहे। परन्तु कुमार ने उस दैत्य-सेना की ओर बहुत ही उपेक्षा की दृष्टि से देखा। कुमार ने दैत्यों से डरी हुई देवसेना को अपनी प्रसन्नता-भरी दृष्टि से देखकर अमृत-सा बरसाते हुए लड़ने का संकेत किया। कुमार को देखकर देवताओं का उत्साह बढ़ गया और इन्द्र आदि देवता कहने लगे, मैं समर में शत्रुओं को जीतूंगा,'' इत्यादि। श्रेष्ठ पुरुषों की संगति किसे बलवान् नहीं बना देती? दैत्यों और देवताओं के सैनिक विजय की कामना से युद्ध में आ जुटे। उन्होंने अपने शस्त्र उठाए हुए थे और वैतालिक लोग उनके पराक्रम के गीत गा रहे थे। जब देवताओं और दैत्यों की सेनाओं के दो महासमुद्र एक-दूसरे से टकराने के लिए बढ़ चले, तो संसार में ऐसा भंयकर कोलाहल छा गया मानो महाकाल के भोजन के लिए निमन्त्रण दिया जा रहा हो और उस कोलाहल के कारण ऊंचे-ऊंचे पर्वतों के किनारे टूक-टूक होकर गिरने लगे।

षोडश सर्ग

इन्द्र और तारकासुर की सेनाएं एक-दूसरे पर भंयकर अस्त्र-शस्त्र छोड़कर घोर युद्ध करने लगीं। पैदल पैदलों से भिड़ गए, रथी रथियों से, घुड़सवार घुड़सवारों से और हाथियों पर बैठे योद्धा हाथियों पर सवार योद्धाओं से जा भिड़े। युद्ध के लिए सामने आनेवाले वीरों के कुलों का नाम ले-लेकर वैतालिक लोग उनका उत्साह बढ़ा रहे थे। युद्ध में लड़ने वाले योद्धा युद्ध के उत्साह में चारणों द्वारा गाए जानेवाले गीतों का बहुत थोड़ा ही भाग बीच-बीच में सुन पाते थे, नहीं तो उनका सारा ध्यान युद्ध में ही था। युद्ध के कारण उन्हें अत्यन्त आनन्द हो रहा था और उनके शरीरों के रोंगटे खड़े हो गए थे। जब योद्धाओं की आपस में मुठभेड़ हो जाती थी, तो वे खुशी से इतने फूल उठते थे कि उनके कवच भी टूट-फूट जाते थे। वे दयाशून्य होकर तलवार चलाते थे, जिनसे कवच कट जाते थे। उन कवचों में से निकली हुई रूई आकाश में और सब दिशाओं में उड़ने लगी, जिससे आकाश और दिशाएं बूढ़े व्यक्तियों के बालों की भांति सफेद हो उठीं। जहां-तहां खून की रंगी हुई वीरों की तलवारें सूर्य की तेज किरणों में बिजली की भांति झिलमिलाने लगीं। योद्धाओं ने क्रुद्ध होकर जो बाण छोड़े, वे आकाश में मुखों से लपटें फेंकते हुए भंयकर सांपों की भांति छा गए। धनुर्धर एक-दूसरे पर इतनी तेजी से बाण चला रहे थे कि वे बाण शत्रु के शरीर में से होकर निकल जाते थे और ज़रा-सा भी खून लगे बिना ही पार जाकर भूमि में धंस जाते थे। कुशल योद्धा इस रणोत्सव में प्रसन्न होकर इस ढंग से बाण छोड़ते थे कि उनसे हाथियों की सूंड़ें तो कटकर पहले भूमि पर गिरती थीं ओर बाण बाद में। जब अग्नि की लपटें फेंकते हुए बाणों से आकाश बहुत अधिक भर गया तो विमानों पर चढ़े हुए देवता पीछे हट गए जिससे आग की लपटों से बच सकें। धनुर्धारियों ने इतने बाण चलाए कि उनसे घायल होकर सारा आकाश बाज़ के शब्द के बहाने

से कराहने-सा लगा। कान तक डोरी खींचकर छोड़े गए बाण दूर तक इस प्रकार उड़ते चले जाते थे, मानो अपने घमण्ड में खिलखिला रहे हों। उस युद्धभूमि में सब ओर धूल भरी हुई थी, जो बादल के समान प्रतीत होती थी और योद्धाओं के हाथों में रक्त-रंजित तलवारें नाचती हुई बिजली की भांति चमक रही थीं। उस युद्धभूमि में योद्धाओं के चमकते हुए भाले ऐसे प्रतीत होते थे मानो यम ने खून चाटने के लिए अपनी जीभ बाहर निकाली हुई हो। युद्धभूमि के ऊपर आकाश में चक्र से लड़नेवाले योद्धाओं के चक्र सूर्य-मंडल के समान चमकते हुए दिखाई पड़ रहे थे।

जब कोई बड़ा वीर सामने आकर युद्ध के लिए ललकारता था, तो कुछ लोग डर के मारे ही वाहनों पर से गिर पड़ते थे और कुछ लोग आतंक के मारे मूर्च्छित हो जाते थे। कुछ लोग लड़ने को उत्सुक योद्धा के सामने आने पर आनन्द से पुलकित हो उठते थे। पर जब वह डरकर लौट जाता था, तो उन्हें दुःख होता था कि लड़ने का मौका हाथ से निकल गया। कई योद्धा अनेक योद्धाओं से युद्ध कर चुकने के पश्चात् ढूंढ़ते हुए उन प्रतिद्वन्द्वियों के पास पहुंच जाते थे, जिनसे दो-दो हाथ करने का उन्होंने पहले से ही संकल्प किया होता था। जब चारों ओर मदोद्धत वीर लड़ने के लिए आ जुटते थे, तो सच्चे योद्धाओं की भुजाओं में आनन्द के कारण रोंगटे खड़े हो जाते थे।

जगह-जगह शस्त्रों से कटे हुए हाथियों के मस्तक पड़े थे, उनमें से निकल-निकलकर गजमुक्ता युद्धक्षेत्र में बिखर गए थे, जो ऐसे प्रतीत हो रहे थे जैसे युद्धक्षेत्र में बोए हुए कीर्ति के बीजों के अंकुर निकल आए हों। यद्यपि हाथीवान हाथियों को वश में रखने का बहुत यत्न करते थे, फिर भी वीरों की डरावनी हुंकार को सुनकर हाथी भाग खड़े होते थे। जिन हाथियों पर बैठे हुए योद्धा मर गए थे, वे नीचे की ओर बहती हुई रक्त की नदियों में स्नान करके लाल हो उठे। रक्त की अपार नदियों में ऊंचे-ऊंचे रथों पर बैठे हुए योद्धा भी हुंकार करके प्रतिद्वन्द्वी पर तीर छोड़ रहे थे। ऐसे भी अनेक वीर थे, जो अपना सिर कट जाने पर घोड़े से नीचे गिरते-गिरते भी तलवार से शत्रु का सिर काट लेते थे। योद्धाओं के शस्त्रों से कट जाने के बाद भूमि की ओर गिरते हुए सिर भी क्रोध से दांत पीसते हुए शत्रु की ओर दौड़ते थे। बहुत से योद्धाओं के सिर अर्ध-चन्द्राकार बाणों से कटकर ज्यों ही भूमि की ओर गिरने लगे, त्यों ही बाज़ों ने उन्हें भूमि पर गिरने से पहले ही अपने पंजों में पकड़ लिया और उन्हें लेकर आकाश में उड़ गए। इस प्रकार के बाज़ों से सारा आकाश भर गया।

क्रोध में भरे हुए पैदल सैनिकों और घुड़सवारों ने हाथियों के दांतों पर चढ़-चढ़कर हाथियों पर बैठकर लड़नेवाले योद्धाओं को भालों से छेद-छेदकर मार डाला। अपने ऊपर बैठे हुए योद्धाओं के मर जाने के बाद हाथी इधर-उधर इस प्रकार घूमने लगे, मानो प्रलय-काल की वायु में पर्वत उड़े फिर रहे हों। जब दो हाथी एक-दूसरे से आ भिड़ते थे तो उनपर बैठे योद्धा भी शस्त्रों से एक-दूसरे का प्राण ले लेते थे। जब दो हाथी क्रुद्ध होकर एक-दूसरे को टक्कर मारते थे तो उनके दांतों की रगड़ से ऐसी आग निकलने लगती थी कि आसपास पड़े हुए मृत योद्धाओं के शरीर जल उठते थे। जिन पैदल सैनिकों को अपनी सूंडों से पकड़कर क्रुद्ध गजराज आकाश में उछाल देते थे, वे भी भूमि पर गिरने से पहले अपने सेनापतियों के देखते-देखते तलवार मारकर हाथी की जान ले लेते थे। जिन पैदल सैनिकों को हाथियों ने जोर से ऊपर की ओर उछाल दिया था, उनके प्राण तो स्वर्ग में चले गए ओर उनका शरीर भूमि पर आ गिरा।

यद्यपि योद्धा लोग इतने जोर से तलवार चलाते थे कि वे तलवारें हाथी की सूंडों को काटकर भूमि में आ लगती थीं, फिर भी उन्हें पूरा सन्तोष नहीं होता था। जिन पदातियों को हाथियों ने उछालकर स्वर्ग पहुंचा दिया, उन्हें अपना प्रिय बनाने के लिए देवांगनाएं अधीर हो उठती थीं। जब घुड़सवार धनुर्धारी किसी गजारोही को तीर मार कर मूर्च्छित कर देते थे, तो वे देर तक इस प्रतीक्षा में खड़े रहते थे कि वह फिर होश में आए और वे फिर उससे युद्ध करें।

एक हाथी ने एक पैदल को मारना चाहा। पैदल सैनिक ने पहले तो सूंड काट डाली और फिर उसके दांतों को उखाड़ने के लिए उसके दांतों पर चढ़कर बैठ गया। एक और पैदल सैनिक तेजी से शत्रुओं की सेना में पहुंचा और अपनी तलवार से एक हाथी के दोनों दांतों को जड़ से काटकर वापस लौट आया। एक योद्धा को हाथी ने अपनी सूंड में लपेट लिया। परन्तु उसने तलवार मारकर हाथी का काम तमाम कर दिया और स्वयं अछूता बच गया। एक अश्वारोही ने दूसरे अश्वारोही की छाती में भाला मारा और उसे गिरते देख इतना प्रसन्न हुआ कि प्रतिद्वंद्वी ने जो उसपर भाला फेंका था उसके अपनी छाती में खुभ जाने का उसे पता भी न चला।

एक और अश्वारोही घोड़े पर बैठा था। शत्रु ने भाला मारकर उसके प्राण ले लिए। परन्तु मर जाने पर भी वह अपना भाला हाथ में उठाए जीवित व्यक्ति की भांति बैठा रहा और घोड़ा उसे लिए जहां-तहां फिरता रहा।

एक और अश्वारोही के प्राण, शस्त्र से आहत होने के कारण, निकल गए

और वह मरकर भूमि पर गिर पड़ा। उसका घोड़ा उसके पास ही आंखों में आंसू भरकर खड़ा रहा और किसी प्रकार वहां से हिलता ही नहीं था। एक अश्वारोही को शत्रु ने एक बड़ा तेज भाला मारा। इससे उसे इतना क्रोध आया कि वह बेहोश नहीं हुआ और गिरते-गिरते भी यह इच्छा हो रही थी कि शत्रु मिल जाए तो उसे मार डालूं। दो अश्वारोही एक-दूसरे का भाला लगने के कारण भूमि पर गिर पड़े और भूमि पर पड़े-पड़े भी क्रोध से एक-दूसरे के बाल खींच-खींचकर हाथापाई करने लगे।

रथों पर बैठे हुए कई रथी योद्धा बाणों से मारे जाने के बाद भी इस प्रकार धनुष उठाए बैठे थे कि जीवित-से दिखाई पड़ते थे। जब कोई रथी शस्त्र से मूर्च्छित हो जाता था, तो शत्रु उसपर दुबारा वार नहीं करता था और युद्व के लोभ में तब तक प्रतीक्षा करता रहता था, जब तक वह फिर सचेत न हो जाए।

दो रथी आपस में एक-दूसरे को मारकर स्वर्ग जा पहुंचे और वहां फिर एक अप्सरा के लिए आपस में लड़ने लगे। दो अन्य रथी एक-दूसरे के सिरों को अर्धचन्द्र बाणों से काटकर स्वर्ग पहुंच गए और आकाश में से उन्होंने अपने घोड़ों को रणभूमि में नाचते हुए देखा।

समरभूमि में खून के कारण कीचड़ ओर फिसलन हो गई थी, फिर भी शस्त्र उठाए हुए अनेक धड़ नीचे ही जा रहे थे। उनके साथ-साथ युद्ध-वाद्य बज रहे थे और प्रेतनियां गीत गा रही थीं। इस प्रकार जब देव और दैत्य सेनाओं का युद्ध प्रारम्भ हो गया और रक्त की नदी के किनारों पर ही हाथियों के समूह डूबने लगे, तब आंखें लाल किए और क्रोध से भौंहें टेढ़ी किए दैत्यराज तारकासुर युद्ध की इच्छा से दिक्पालों के सम्मुख आकर खड़ा हो गया।

सप्तदश सर्ग

दैत्यराज तारकासुर को युद्ध करने के लिए उत्सुक देखकर युद्ध के लिए सारे दिक्पाल एक जगह आ जुटे। तारकासुर ने सब ओर बाण बरसाकर दिशाओं में अंधकार फैला दिया। जैसे वर्षाकाल में काले बादल पर्वतों को जल से भिगो देते हैं, उसी प्रकार देवताओं का शत्रु तारक भयंकर अट्टहास करता हुआ देवताओं के ऊपर बाण बरसाने लगा। इन्द्र आदि देवताओं और दिक्पालों के बाणों ने तारकासुर के बाणों को उसी प्रकार काट डाला, जैसे गरुड़ों के समूह सांपों के दल को काट डालते हैं। देवताओं ने तारक पर जो बाण चलाए, उनको उसने अपने नामांकित बाणों से काट डाला। उसके चमकते हुए फलकवाले बाण सब दिशाओं और आकाश में छा गए। देवसेना द्वारा चलाए गए बाण उसी प्रकार लुप्त हो गए, जैसे अग्नि के ऊपर रखा हुआ घास-फूस जलकर लुप्त हो जाता है। उसके बाद तारक ने गुस्से से जलते हुए और कई बाण छोड़े, जो इन्द्र आदि बड़े-बड़े देवताओं के गले में जाकर भयंकर सर्पों की भांति लिपट गए। उन नागपाशों में फंस जाने के कारण देवताओं की सांस घुटने लगी और वे युद्ध से मुंह फेरकर इस विपत्ति से छुटकारा पाने के लिए भागकर कुमार के पास पहुंचे। ज्यों ही कुमार ने अपनी दृष्टि उन नागपाशों पर डाली, त्यों ही इन्द्र आदि देवता स्वयं उन पाशों से छूट गए और उन्होंने कुमार की बहुत स्तुति की।

जब तारक और भी अधिक क्रुद्ध हुआ और सारथि से कहने लगा, "देखो, मैंने इन्द्र आदि देवताओं को बांध लिया था, परन्तु वे इस महादेव के पुत्र कुमार की दृष्टिमात्र से मुक्त हो गए हैं। अब मैं इन्हें छोड़कर पहले उस कुमार को ही ठिकाने लगा दूं; इसलिए रथ को तुरन्त कुमार के सामने ले चलो। मैं ज़रा युद्ध के लिए उतावले उस कुमार को देखूं तो।"

सारथि ने रथ को आगे बढ़ाया और गरजते हुए मेघों के समान गंभीर शब्द करता हुआ रथ शत्रुओं की सेना को दलता हुआ, मांस, हड्डी और लोहू के कीचड़ में से बढ़ता हुआ आगे चलने लगा। प्रलयकाल की आंधी में उड़ते हुए हिमालय के समान उस रथ को भंयकर शब्द के साथ आते देखकर देवताओं की सेना भय से कांपने लगी ओर उसमें बड़ी खलबली मच गई। देवताओं की सेना को घबराया हुआ देखकर, भंयकर धनुष हाथ में लिए तारकासुर युद्ध के लिए उत्कंठित कुमार के पास पहुंचकर उससे कहने लगा, "हे तपस्वी महादेव के बालक, तू अपनी भुजाओं का घमंड त्याग दे और इन्द्र का साथ छोड़ दे। तेरी ये छोटी-छोटी कोमल भुजाएं हैं। ये शस्त्र तो इन भुजाओं के लिए अनुचित भारस्वरूप ही हैं। तू महादेव और पार्वती का इकलौता पुत्र है। क्यों व्यर्थ ही मेरे भयंकर बाणों से अपनी जान देता है? युद्ध छोड़कर भाग जा और जल्दी से दौड़कर अपने माता-पिता की गोद में छिप जा। कुमार, तू स्वयं भली-भांति विचार करके शीघ्र ही इस इन्द्र का साथ छोड़ दे। यह स्वयं तो अथाह जल में पत्थर की नौका की भांति डूब ही रहा है और साथ ही तुझे भी डुबाने लगा है।"

तारक के इन वचनों को सुनकर कुमार की आंखें खिले हुए कमल के समान लाल हो उठीं और वह अपने धनुष की ओर देखते हुए तथा अपनी सेल पर हाथ फेरते हुए बोला, "दैत्यराज, तुमने घमंड में आकर जो कुछ कहा है, वह ठीक है परन्तु मैं आज तुम्हारा बाहुबल देखूंगा। शस्त्र संभालो और अपने धनुष पर डोरी चढ़ा लो।"

कुमार के इतना कहने पर तारक से अपना निचला होंठ चबा लिया और बोला, "तुम अपने भुजबल के घमंड से युद्ध करने आए हो। तो अब मेरे बाणों को झेलो, जिनसे मैं शत्रुओं की पीठ को छलनी करता रहा हूं।"

उसके बाद उसने अपने उस धनुष पर डोरी चढ़ा ली, जिसे देखकर ही शत्रुओं को डर लगने लगता था और उसपर तीखे बाण चढ़ा कर क्रुद्ध सर्पों के समान बाण कुमार की ओर चलाने लगा। तारक कान तक खींच-खींचकर धनुष से ढेर के ढेर बाण चलाने लगा। उनकी चमक से आकाश और दिशाएं जगमगा उठीं। तारक के धनुष से छूटे हुए बाणों से ऐसा अन्धकार छा गया कि कुमार को दिखाई पड़ना बन्द हो गया। तारक के धनुष की टंकार सुनकर योद्धओं के हृदय भयभीत हो उठे।

तब कुमार ने अपने धनुष पर बाण चढ़ाकर छोड़ने शुरू किए, जिससे तारक के बाण एकदम ही कट गए। तारक के बाणों की मेघमाला के फट जाने पर

कुमार सूर्य के समान चमकने लगा। जब कुमार का तेज अधिक बढ़ता हुआ प्रतीत हुआ, तो तारक ने युद्ध-क्षेत्र में माया का प्रयोग प्रारम्भ किया। उसने समझ लिया कि शस्त्रों द्वारा युद्ध में कुमार को जीत पाना कठिन है, तो उसने भयंकर हंसी हंसते हुए क्रोध के साथ विजय की इच्छा से धनुष पर वायव्य अस्त्र चढ़ा लिया।

उस शस्त्र के धनुष पर चढ़ते ही प्रलयकाल का-सा हरहराता हुआ अंधड़ चलने लगा। सब ओर इतनी धूल उड़ी कि दिशाएं और आकाश उससे ढक गए। सूर्य दिखाई पड़ना बन्द हो गया। उस तीव्र वायु से देव सैनिकों के कुन्द के समान उजले श्वेत छत्र उड़ गए और बादलों के समान रंगवाली धूप से भरे आकाश में वे उड़ती हुई हंसपंक्तियों के समान दिखाई पड़ने लगे। देवताओं की सेना की ध्वजाएं टुकड़े-टुकड़े होकर नवमल्लिका के फूलों की भांति आकाश में उड़ गईं और वहां ऐसी प्रतीत होने लगीं मानो आकाश-गंगा का जल हजारों तरंगें उछालता हुआ उड़ रहा हो। तीव्र आंधी से उन देवताओं की सेना के हाथियों के दल के दल आकाश में उड़-उड़कर भूमि पर गिरने लगे, मानो इन्द्र के द्वारा काटे गए पर्वतों के पंख भूमि पर गिर रहे हों। उस प्रचंड वायु से रथों के घोड़े गिर पड़े, रथ हवा में उड़ने लगे, सारथि दूर जा पड़े, देवसेना के अश्वारोही घोड़ों समेत बिना किसी शस्त्र की चोट खाए ही भूमि पर गिरने लगे। तारक द्वारा चलाए गए उस भयंकर वायव्य अस्त्र से वायु की ऐसी घूमर-घेरियां बनने लगीं, जिनमें पड़कर देवसेना के सैनिक उड़ते हुए बहुत ऊंचाई तक पहुंच जाते थे और फिर एकाएक भूमि पर आ गिरते थे। सारी सेना घबराकर रोने और चिल्लाने लगी।

जब कुमार ने देवसेना को वायव्य अस्त्र से इस प्रकार विफल होते हुए देखा तो उन्होंने अपना विलक्षण दिव्य प्रभाव दिखलाया। देखते-देखते सारी देवसेना फिर स्वस्थ हो गई और उत्साह के साथ युद्ध करने लगी। यह देखकर तारक को और भी अधिक क्रोध चढ़ा और उसने आग्नेय अस्त्र छोड़ा।

उस अस्त्र के छूटते ही सारे आकाश में वर्षाकाल के बादलों के समान काले धुएं के बादल उठने लगे। नील कमलों के समान रंगवाले उस धुएं से सब दिशाएं ऐसे भर गईं कि सब कुछ दिखाई पड़ना बन्द हो गया। धुएं से आकाश भर जाने के कारण राजहंसों को यह भ्रम हुआ कि वर्षा ऋतु आ गई और वे प्रसन्न होकर मानसरोवर की ओर उड़ चले। देवसेना के बीच में प्रलयकाल की अग्नि के समान भयंकर आग सब ओर जलने लगी। उस अग्नि की लपटों से सारा आकाश और दिशाएं भूरे रंग की हो उठीं। उस आग का धुआं काली-काली घटाओं के समान प्रतीत हो रहा था और उसमें आग की लपटें कौंधती हुई बिजलियों के समान

दीख रही थीं। उस भयंकर आग्नेय अस्त्र की लपटों में जलती हुई देवसेना बहुत ही विकल होकर कुमार के समीप पहुंची।

कुमार ने जब देवसेना को अत्यन्त प्रचंड अग्नि से व्याकुल देखा तो उन्होंने मुस्कराते हुए वारुणास्त्र अपने धनुष पर चढ़ा लिया। उस वारुणास्त्र के छूटते ही आकाश में बादलों की भयावनी घटाएं घुमड़ उठीं जो देखने में अन्धकार के समूह-सी प्रतीत होती थीं। ऐसा प्रतीत होता था मानो प्रलयाग्नि का घना धुआं आकाश में भर उठा हो। उन घन-घटाओं के गर्जन से पर्वतों के शिखर टूट-टूटकर गिरने लगे। आकाश में बादलों में, भंयकर कड़कड़ाहट के साथ बिजली चमकने लगी, जिससे सब दिशाएं भूरी हो उठीं। वे विद्युत जैसी प्रतीत होती थीं, मानो प्रलय-काल में, संहार के लिए निकले हुए महाकाल की लपलपाती हुई जीभ हों। भयंकर कालरात्रि के समान काले बादलों की घटा जल से भरकर आकाश में इतनी घनी छा गई कि कुछ भी दिखाई पड़ना बन्द हो गया और उसमें रह-रहकर बिजली कौंधने लगी और निरन्तर गरज-गरजकर बादल मूसलाधार बरसने लगे। उस वर्षा से अग्नि देखते-देखते बुझ गई।

जब देत्यराज तारकासुर ने अग्नि को बुझते देखा तो उसका मुख क्रोध से काला पड़ गया; और उसने कान तक धनुष की डोरी खींच-खींचकर तेज बाण चलाने आरम्भ किए। उसके भय से सारी देवसेना भाग खड़ी हुई और तारक ने कुमार को बाणों से आहत कर दिया। कुमार ने भी अपने बाणों से तारक के बाणों और धनुष को काटकर टुकड़े-टुकड़े कर दिया, जैसे योगी लोग अपने यम, नियम आदि व्रतों से सांसारिक विषयों को नष्ट कर देते हैं।

तब असुरराज तारक का मुख क्रोध से बहुत भयंकर हो उठा। उसकी भौंहें टेढ़ी हो गईं और क्रोध से जलता हुआ वह रथ से उतरकर हाथ में भयंकर तलवार उठाए कुमार की ओर दौड़ा। जब कुमार ने उस दैत्यराज को अपनी ओर आते देखा तो उन्होंने आनंद से हंसते हुए कालानल के समान अपनी भयंकर सेल (शक्ति) उसपर छोड़ी। उस शक्ति के छूटते ही सारी दिशाएं और आकाश चमक से उद्भासित हो उठे और वह शक्ति जाकर उस भयंकर दैत्यराज की छाती में लगी। उसके साथ ही दिक्पालों की आंखों से आनन्द के और दानवों की आंखों से शोक के आंसू बह निकले।

उस दैत्यराज तारक को शक्ति की चोट से निष्प्राण होकर गिरते हुए देखकर इन्द्र आदि देवताओं को बड़ा आनन्द हुआ। वह तारक इस प्रकार गिरा मानों प्रलय वायु से पर्वत का कोई शिखर टूटकर गिर पड़ा हो। जब दैत्यराज निष्प्राण

होकर पर्वत के शिखर के समान भूमि पर गिरा तब उस के भार के कारण पृथ्वी नीचे को धसकने लगी और शेषनाग ने बड़ी कठिनाई से अपने फणों पर उसे जैसे-तैसे संभाला।

उसी समय महादेव के पुत्र कुमार के सिर पर कल्पवृक्ष के फूल बरसने लगे। ये फूल आकाश-गंगा के जल से धुले हुए थे ओर उनकी सुगंध के लोभ में भ्रमरों की पंक्तियां उन फूलों के पीछे-पीछे चली आ रही थीं। आनन्द के मारे इन्द्र इत्यादि सभी देवता इतने फूल उठे कि उनके कवच टूट-फूट गए। उन्होंनें अत्यन्त प्रसन्नता के साथ कुमार के बाहुबल की जी भरकर प्रशंसा की।

इस प्रकार जब महादेव के पुत्र विजेता कुमार ने तीनों लोकों के हृदय में कांटे के समान गड़े हुए तारक को निकालकर नष्ट कर दिया, तब इन्द्र फिर स्वर्ग के राजा बन गए और देवता लोग उनके चरणों में सिर झुका-झुकाकर प्रणाम करने लगे।

❑ ❑ ❑